L'autre pensée

LA TENTATION DE PÉNÉLOPE

DU MÊME AUTEUR

Romans

Dernières promenades à Petrópolis, Le Seuil, 1990
L'Île au nadir, Quai Voltaire, 1992
Trois nuits d'un personnage, Stock, 1994
Lent Delta, Verticales, 1998
L'Homme qui jeûne, L'Olivier, 2006
Entre les bruits, L'Olivier, 2009

Essais

L'Écriture du désir, Calmann-Lévy, 2000 (Prix de l'essai de l'Académie française 2001)
Le Sentiment d'imposture, Calmann-Lévy, 2005 (Grand Prix de l'essai de la Société des Gens de Lettres 2005) ; « Folio Essais », n° 515, 2009
La Bêtise s'améliore, Stock, 2007

Esthétique et critique littéraire

Philosophies de la musique, 1752-1789, Klincksieck, 1990
La Réception des opéras de Mozart, 1793-1829, Klincksieck, 1991
Musique et littérature au XVIIIe *siècle,* PUF, « Que sais-je ? », 1998
Narrations de la vie intérieure, PUF, « Perspectives littéraires », 2001
L'Œuvre *de Zola*, Gallimard, « Foliothèque », 2002

Belinda Cannone

LA TENTATION DE PÉNÉLOPE

Stock

Collection dirigée
par Anne Dufourmantelle

ISBN 978-2-234-06373-0

Sommaire

1

Désirer

Il entre. La pièce est obscure mais sa silhouette brûle d'un feu plus noir que l'ombre. Éclat d'obsidienne qui se grave sur ma rétine. Mon désir vient de reprendre corps dans ce café où nous avions rendez-vous et je retiens mon souffle. Il me cherche, ne m'a pas encore vue. En quelques secondes, les clients dispersés çà et là se sont enfoncés dans les murs, éléments sans épaisseur du décor dont seul il émerge, dense. Je le regarde. *Je* ? Où suis-je ? Je s'élève dans l'air obscur, rassemblé à mi-chemin entre moi et le corps désiré, emplissant le lieu, et le compte des secondes est perdu. Je désire cet autre.

L'homme est l'étrangeté même. L'étranger. Assise en face de lui, je le hume, je prête l'oreille, je l'observe. Je le connais mal, je n'en fais pas le tour, tout mon esprit, et mon corps, tout moi est tendu vers lui. Ça se passe *entre* nous.

Il est un homme. J'aime les hommes et aujourd'hui cet homme qui me surprend – façon de plus que me prendre. Je devine, confusément, ce qui va se passer tout à l'heure dans la chambre – nous l'avons déjà fait – et m'en délecte d'avance.

Je ne sais pas de plus puissant déplacement de l'être que le désir qui me tend vers l'autre et dont le miracle tient à la fois à son évidence submergente et à sa gratuité. De même que je n'ai pas toujours de raison de me lever le matin et que pourtant je me lève, avec gourmandise, pour vivre la journée banale qui se présente – étonnante générosité de cette énergie matinale –, je pourrais passer entre les êtres sans en élire aucun, sans qu'aucun me convoque. Et néanmoins cela survient : soudain, rien n'est plus urgent, plus pressant que de respirer contre ce corps. Mais cette impérieuse nécessité aurait pu ne pas advenir.

Dans la chambre, silence, frémissement du rideau, transparence de l'air (mon regard aux aguets ?), son sourire, vibration des corps, son air grave. Nous ignorons ce qui va se passer. Les gestes sus par cœur sont cependant imprévisibles. Je connais encore trop imparfaitement la tonalité de ce corps, le timbre de ses caresses, le rythme de son souffle, le chant de son désir en actes. Je ne connais pas grand-chose.

Dans le désir, je sais déjà tout et je ne sais rien : rencontre d'un Autre. Autrui est à la fois comme moi et très différent de moi. Si je maîtrise les pas du tango, chaque nouveau danseur est pourtant une surprise, demande un ajustement. Dans l'amour, pire encore, j'ai l'impression de devoir tout réinventer.

Je n'avais pas prévu sa langue surprenant ce creux, ce renflement, sa main parcourant mon corps, ses saveurs. Je n'avais pas prévu cette cadence lente dans les gestes, cette langueur dans l'enfouissement. Pas prévu l'alternance des caresses et de la pénétration, l'enivrement des mots au creux de l'oreille. Je ne savais pas son odeur, sa sueur. Mes doigts, ma bouche s'emparent et s'égarent. La lumière est pâle dans l'encadrement de la fenêtre. De temps en temps, j'entends un merle.

Je suis hors de moi sans me perdre de vue. Exquise posture.

Je jouis.

Jouir, verbe intransitif. Et donc ce n'est pas le plus délicieux. Plus délicieux le transitif. Je désire lui. Je le désire. Je ne désire pas dans le vague, ne suis pas juste en état de désir : je désire cet autre-là et par ce désir le rencontre. Ma jouissance m'isole, mon désir me relie. Ce n'est pas tout à fait vrai : ma jouissance comporte aussi une part de don quand, la lui devant, je lui en offre le témoignage en retour. Tu me fais ça. Tu es cet événement dans mon être. Entends-le.

Événement : sentir un corps dans son propre corps. Personne ne pourra sans doute jamais raconter cela – seulement l'approcher par métaphores successives –, sentir un homme pénétrer dans sa chair, son ventre, être le lieu d'une pénétration, ne plus être touchée à la surface de soi mais envahie, atteinte au cœur, au plus profond, on ne sait où, dans l'intime. Être prise.

Je dis – c'est bête mais – je dis : cette merveille, que les hommes existent.

2

Terrifiante liberté

Il faut partir de là, de l'autre, du désir que suscite l'autre en moi, de la fiction que constitue le Je, cette identité dont, dans le désir, je ne suis tout au plus que le coauteur. Il faudrait.

Mais non : en ce début du XXIe siècle, fi du désir, c'est la question de l'identité qui fait rage. Chacun réclame la reconnaissance de la sienne, beurs, Chinois, homosexuels, asexuels, etc. Et les femmes ?

Vous êtes écrivain ? leur demande-t-on sans songer à mal.

Non non ! Écrivaine (consternantes harmoniques : vaine !).

Vous êtes professeur ?

Non non ! Professeure.

Cela me rappelle cette vision effarante, été 2008, quand on voyait les Abkhazes danser de joie parce que la Russie avait *libéré* leur pays du joug géorgien. En reconnaissant son indépendance, c'est-à-dire en fait en prenant le pouvoir sur l'Abkhazie devenue leur simple satellite, les Russes lui concédaient, habiles, le hochet de son identité. On se disait : « Ils sont fous, se rendent-ils compte qu'ils passent sous la griffe du tyran ? » Mais non, la Russie leur donnant un semblant d'indépendance, ils pensaient avoir gagné de l'identité. Abkhazes : nous pas mieux, madame.

Ce jour-là j'ai entrevu quelque chose que Tocqueville n'avait sans doute pas eu l'occasion d'imaginer. Il nous avait dessillé les yeux en nous expliquant que le plus grand souci des hommes, ce n'est pas tant la liberté que l'égalité : ils acceptent même de vivre sous le joug, écrivait-il, pourvu qu'ils y soient égaux (*De la démocratie en Amérique*). Mais grâce à nos contemporains nous comprenons que, face à la volonté d'*être soi* et reconnu comme tel, la liberté ne tient pas non plus. Libre ou pas, là n'est pas la question essentielle : prime celle de l'identité. Du coup, n'est-ce pas, c'est à se demander devant quoi elle tiendrait cette liberté qu'on nous avait appris à chérir comme le bien suprême mais qui, finalement, apparaît toujours au second plan des exigences, derrière l'égalité ou l'identité… Ah, dites-moi : comment supporter notre liberté ?

Josette est une femme, et cela lui paraît si important qu'elle est prête à abdiquer la liberté d'être, de temps en temps, simplement (simplement !) un être humain ou une citoyenne. Femme elle est et elle veut qu'on en tienne compte à chaque instant dans le regard qu'on pose sur elle et dans les termes par lesquels on la désigne. Quand j'écris, moi, ou quand j'enseigne, je me fiche bien d'être une femme, une Sicilienne ou une Abkhaze : je suis un cerveau, neutre jusqu'à preuve du contraire, et je ne veux pas qu'on m'assigne (qu'on m'attache) à un sexe (biologique) ou même à un genre (socialement construit). Je ne veux pas. Que celle, celui qui a déjà vérifié qu'un cerveau de femme en train d'enseigner ou de gouverner fonctionnait autrement que celui d'un homme me le prouve.

J'écris « un cerveau, neutre » et j'entends distinctement le brouhaha des protestations, nuances, corrections qui s'élève. Tout ce que je peux promettre, c'est que j'y répondrai, ou du moins que je les envisagerai, tout à l'heure, en leur temps. Il faut pour l'instant accepter, avant toute protestation, de me suivre avec indulgence, et tant pis pour la légère irritation. S'il vous plaît.

Mais quand même, dites : c'est curieux de réclamer d'être réduit à des déterminations (biologiques, culturelles ou nationales). Étrange goût pour la servitude.

Un jour, j'étais à Kyoto et je me promenais à vélo. Je devais souvent demander mon chemin et là, quel délice ! lorsqu'un homme me l'indiquait, il me regardait comme un être humain désorienté et jamais comme une femme – c'est-à-dire jamais comme un gibier. Je me souviens de ce voyage comme du plus reposant que j'aie jamais fait.

Quand je propose un texte, une idée, quand je plante un nouveau massif fleuri dans mon jardin, je n'ai aucune envie qu'on les juge comme les travaux d'une femme. Je souhaite qu'on suspende la question du genre et qu'on évalue mon travail pour lui-même.

Voici de quoi je vais parler : aujourd'hui, on constate un certain nombre de différences dans les comportements des hommes et des femmes. C'est un fait incontestable. Mais demain ? De demain nous ne savons rien. On nous dit : « le réel irréductible de la différence des sexes », etc. N'est pas moins irréductible le fait que l'humain est un animal terrestre à deux jambes. En a-t-on conclu qu'il ne pouvait ni voler, ni nager, ni dépasser la vitesse du son ? Laissons donc nos fenêtres ouvertes à la nouveauté possible, à la transformation imprévisible. En attendant, dès aujourd'hui, dans un grand nombre des situations de la vie courante, nous ne sommes ni homme ni femme, car la question ne se pose pas. C'est aussi autour de cette idée, la suspension de la question du genre, que j'aimerais réfléchir. Réfléchir, c'est-à-dire examiner sous tous les angles : si ça tient, je garde ; quand je ne sais pas, je l'admets et je prends en compte cette incertitude dans mes raisonnements ; mais je jette aux orties ce qui ne résiste pas à l'examen et je repense à nouveaux frais. Librement.

3

Des questions, surtout

Voilà de quoi sera composé ce livre, et c'est pourquoi je l'entreprends dans un grand doute. Clignotent constamment des dizaines de points d'interrogation – une vraie champignonnière. Le plus souvent, quand on projette un livre, c'est qu'on croit pouvoir apporter des réponses, des formulations qui éclaireront les problèmes, des savoirs qui, conjugués, généreront de la vérité. Or, quand je réfléchis à la féminité et aux questions que se posent femmes et hommes aujourd'hui, je vois autant ou plus de *croyances*, chez moi comme chez les autres, que de véritables *savoirs* qui permettraient de mieux penser le sujet. Lorsque je tends l'oreille ou que je lis les diverses opinions exprimées çà et là, je constate que ce territoire de la pensée est d'abord constitué de représentations et d'affects auxquels sont subordonnées les analyses, souvent à leur insu. Il est probable que la question de la différence des sexes et de ses implications nous engage tous et toutes si intimement, si gravement, que l'objectivité nous échappe souvent. Mais il existe des travaux scientifiques passionnants, en histoire, sociologie, anthropologie, biologie, etc., qui nous révèlent, d'une part, que si les « études féministes » avancent vite et beaucoup, c'est qu'il est devenu évident qu'elles ne sont pas un domaine spécifique mais que toutes les dimensions de la vie et de la pensée sont concernées par cette réflexion. Et d'autre part, ces études, tout comme mes observations de la société, me convainquent que les temps qui s'ouvrent devant nous sont pleins de promesses. Encore faut-il travailler contre les vieilles représentations.

« Représentations » : cet ensemble de croyances et de constructions intellectuelles intériorisées informant notre pensée (à peu près toujours à notre insu), transmises dans le biberon de la culture et de la langue, et qui forment le fonds de nos idées, nous indiquant par exemple, avant même que nous y *réfléchissions*, ce que c'est qu'une femme.

« Vieilles (représentations) » : l'anthropologie nous apprend que l'inégalité entre les sexes a été mise en place partout, dès les temps originels et tout au long de l'hominisation. À partir de l'observation de faits biologiques élémentaires (la différence anatomique des sexes), les hommes ont créé des systèmes de représentations dans lesquels, partout et toujours, la femme était dominée. Cette symbolisation fondatrice de l'ordre social est encore présente. Elle produit des représentations qui pour être archaïques n'en sont pas moins vivaces – mais pas inaltérables.

Qu'est-ce qui peut les altérer ? D'une part, les découvertes de la science : contrairement à nos ancêtres qui observaient tout à l'œil nu, les gamètes (identifiées à la fin du XVIIIe siècle), les gènes (à la fin du XXe), les images du cerveau en train de fonctionner (ces dernières années) transforment en profondeur notre connaissance et nos représentations des sexes. D'autre part, nos systèmes de pensée (modifiés par la progression des sciences humaines), notre vision du monde, la place accordée à la démocratie, à la liberté, à la personne, changent assurément, quoique avec lenteur, les représentations.

Alors à nous d'œuvrer, de penser, de proposer des savoirs mais aussi des représentations contre d'autres, en essayant – c'est mon souci – de défendre celles qui sont le plus généreuses, c'est-à-dire celles qui ouvrent le plus de possibles à l'invention de soi.

Je ne prétends donc pas proposer de nouveaux *savoirs* sur les femmes mais déplier quelques *représentations*. Mon idée première était de réfléchir aux formes, changeantes à travers le temps, qu'avait prises la lutte pour l'égalité des sexes. Me souvenant du féminisme des années 70, si joyeux, quand les féministes aimaient les hommes et voulaient trouver les moyens de mieux vivre avec eux, j'ai eu beaucoup de mal à comprendre la montée d'un féminisme différentialiste (voir la séquence « De nouvelles chaînes : le différentialisme », qu'on peut lire plus tard ou maintenant, je vous attends), qui me paraissait une chimère menaçant d'instaurer une nouvelle forme d'assujettissement. Le différentialisme se manifeste sous deux aspects ces derniers temps. Sous sa forme de doctrine constituée[1], il promeut l'idée d'une *essence* féminine : *Tota mulier in utero*, disent certaines, on ne comprend *la* femme que si l'on envisage sa faculté d'enfanter et, résultant de celle-ci, sa nature « hospitalière », son respect inné de la différence, son souci irrépressible de préserver le vivant, son écoute, sa sollicitude, etc. L'autre manifestation du différentialisme est plus diffuse. Il n'est alors pas théorisé mais répandu dans la société comme un impensé, ou un pré-pensé, et à ce titre il est encore plus fâcheux : de nombreuses personnes sont différentialistes sans le savoir, entraînées par l'air du temps, et cette situation des esprits encourage des lois, des comportements et des types d'approche de la question des femmes qui sont aussi préjudiciables à l'égalité qu'à la liberté.

Il m'a toujours semblé que l'obsession de la différence *irrrrréductible* des sexes ne pouvait avoir que des conséquences défavorables sur la situation des femmes, forcément. Ce n'est pas l'*existence* de différences qui entraîne ces conséquences défavorables, mais l'attitude qui consiste à les revendiquer et à les *promouvoir*, c'est-à-dire à chercher à faire de ce *fait* – les différences observables – le *principe* organisant la langue, la loi ou les rapports sociaux et affectifs. Certains enfants montrent un appétit et des aptitudes médiocres pour les études, c'est un fait. Mais si ce fait peut entraîner des conséquences pratiques diverses

1. Dont il existe plusieurs versions toutefois : Sylviane Agacinski, par exemple, le théorise en philosophe, tandis que les personnes qui gravitent autour d'Antoinette Fouque le font en psychanalystes.

(soutien scolaire, itinéraires différenciés, etc.), il ne doit rien changer au *principe* de l'école gratuite et obligatoire pour tous. Je tiens que le seul principe digne d'organiser notre société (sa loi, sa langue) est celui de l'universalisme, c'est-à-dire celui qui suspend toute différence entre les êtres pour en faire des citoyens et des personnes, égaux et libres en droit. Quant au plan de la vie quotidienne, il avance à son allure, parfois bien lente, mais je suis convaincue qu'on peut et qu'on doit le réinventer de fond en comble, même si l'affaire prend du temps. Ce sont mes croyances.

(Regret : dès que je commence un essai, Diderot me vient à l'esprit, « Qu'il fasse beau, qu'il fasse laid, c'est mon habitude d'aller sur les cinq heures du soir me promener au Palais-Royal[1] », et parfois Swift ou Voltaire. Des formes de pensée dansantes. Or me voici tout empêtrée dans un ton bien sérieux...)

J'ai écrit *forcément*, quelques phrases plus haut, et déjà je le regrette : moins que jamais je me sens légitime en affirmant, déclarant, assurant... Car non seulement je ne hais rien tant que le dogmatisme, mais il apparaîtra bien vite que ma position ne va pas sans contraste ni ma réflexion sans doute. Si l'idée de ce livre m'est venue, comme une obligation intérieure, c'est parce qu'il m'a soudain paru nécessaire de protester contre cette *injonction à l'altérité*, ou cette nouvelle assignation identitaire qui innerve en profondeur le discours commun. Car il est devenu évident que, parmi les femmes, la ligne de partage a bougé depuis l'époque où elle séparait celles qui consi-

1. Denis Diderot, *Le Neveu de Rameau*, chapitre premier.

déraient que la vocation d'une femme était au foyer, et celles qui revendiquaient l'égalité. Aujourd'hui, toutes les femmes réclament l'égalité. Mais certaines refusent et d'autres soutiennent l'idée d'une spécificité féminine. La vieille lune jette toujours ses feux pâles.

Un exemple éloquent : dans un quotidien, je lisais récemment l'entretien d'une jeune actrice du X qui vient de tourner dans un film non porno, ce qui lui valait les honneurs du journal[1]. À la question « Quelle féministe êtes-vous ? », elle répond tout naturellement : « Je crois que toute femme est féministe à sa façon » – ce qui me paraît inexact : certaines façons de promouvoir le féminin sont régressives –, ajoutant : « Je crois surtout que les femmes doivent être les égales des hommes » – ce qui est en effet devenu, et tant mieux, l'opinion générale. Cette anecdote me semble illustrer parfaitement le fait que la tournure identitaire prise par le féminisme contemporain permet de confondre le simple fait d'être une femme et une position féministe. D'où ma double question : avec quels arguments se battre pour l'égalité aujourd'hui[2], et que peut signifier, au tout début

1. Sasha Grey dans *Libération*, 8 juillet 2009. Il y aurait là tout un chapitre à ouvrir. Je n'ai rien contre l'idée du porno. Pourquoi pas ? Pourquoi ne pas exposer crûment le désir, le plaisir et leurs réalisations ? Mais *en l'état*, s'il y a bien un lieu où sont produites à la chaîne des représentations intégralement défavorables aux femmes et à l'égalité, c'est bien celui-ci !

2. J'ai déjà moqué, ailleurs, cette manie de dire « aujourd'hui », comme si tout commençait ou tout changeait – illusion de poussin qui sort de l'œuf. Mais ici j'y tiens, car il n'y a de façons d'être femme qu'historiques. C'est pourquoi la modalité de cet essai sera le « pour l'instant ».

du XXIe siècle, se sentir femme ? Sur ce dernier point, n'ayant à proposer que moi-même comme laboratoire – à quoi j'ajouterai mes observations diverses –, on devine que ma réflexion sera forcément modeste, car elle portera sur une matière très labile : je ne pourrai guère affirmer beaucoup plus que ce qui s'élève de mes intimes convictions et des valeurs qui dominent mon existence, sachant qu'elles constituent une proposition de pensée – un ensemble d'hypothèses intellectuelles et existentielles parmi d'autres possibles, pour essayer de vivre mieux –, pas un savoir. Ce sera donc un essai, un essai de penser.

4

L'action et la pensée

Ma position, dans un essai, n'est pas celle d'une militante. Je peux par ailleurs militer, car c'est ainsi que les affaires du monde évoluent aussi. Aussi – mais pas seulement. Les affaires du monde avancent quand une pensée emporte l'action vers l'avant et qu'il y a des gens courageux et actifs pour tirer les conséquences pratiques de cette pensée.

Aujourd'hui, il n'existe guère, que je sache, de livres « sérieux ». comme il y en eut dans l'entre-deux-guerres, qui promouvraient le racisme (je ne parle pas des quatorze timbrés qui œuvrent illégalement dans leur imprimerie ou sur le Net – ceux-là existeront toujours). Intellectuellement, l'affaire est réglée. Cela ne signifie pas du tout que la question est réglée *dans la vie courante* : racisme et antisémitisme s'y déploient, leurs nombreux effets concrets s'y font sentir et il faut rester vigilant pour les combattre jour après jour. Mais, d'un point de vue théorique et scientifique, le problème ne se pose plus car il n'y a plus personne pour défendre une pensée raciste *avec des arguments qui tiennent* et susceptibles de trouver écho. Les mœurs et la pensée n'avancent pas à la même allure.

Sur la question des femmes, l'affaire est plus confuse. La situation actuelle (2010) offre un spectacle si contrasté qu'il a de quoi perturber. Pour le résumer : la révolution la plus considérable du XXe siècle concerne les femmes. Dans toute l'histoire de l'humanité, jamais leur condition n'avait changé autant qu'elle l'a fait en un petit siècle. Il me suffit de penser à mon arrière-grand-mère (à qui l'on avait enfin accordé le droit de disposer de son salaire – 1907 – et de passer le bac dans les mêmes conditions que les garçons – 1924), puis à ma grand-mère (qui eut le droit de voter en 1944), et enfin à ma mère (qui eut accès à la contraception – 1967 – puis à l'avortement – 1974) pour mesurer le chemin parcouru. Par ailleurs, jamais, dans l'histoire du monde, on n'avait à ce point admis l'incontestable justesse des revendications d'égalité des sexes. Il ne se passe pas un jour sans que nous soyons informés d'un projet de loi ou de décret, de la constitution d'un groupe de réflexion ou de travail, pas un jour sans qu'un article de journal loue l'amélioration de la condition des femmes dans le monde, leur accession graduelle au pouvoir économique ou politique, l'évolution des mœurs, etc.

Pourtant, malgré ces progrès capitaux, et malgré les secrétariats des droits des femmes ou les (problématiques) lois sur la parité, il suffit de feuilleter les journaux pour y trouver des chiffres désespérément éloquents : 80 % des tâches domestiques sont toujours accomplies par les femmes, qui ne sont par ailleurs que 8 % à occuper les instances dirigeantes des cinq cents premières entreprises françaises[1]. Le travail « parental » reste une affaire de femme, titrait un journal récemment[2]. En somme, ce que les femmes ont surtout conquis dernièrement, puisque à présent 80 % d'entre elles travaillent à l'extérieur, c'est la possibilité d'assurer… une double journée de travail. Bien sûr qu'il y a de quoi être un peu découragée : eh bien oui, semblent dire les faits, les femmes sont vouées au maternage et aux soins du foyer. Alors, ça change ou pas ? Le contraste est si vif entre les idées progressistes et la stagnation des pratiques quotidiennes que je peux comprendre pourquoi, peut-être, une partie de la réflexion féministe actuelle marque le pas et se montre à certains égards régressive en valorisant une vocation maternelle fantasmatique – notre vieux piège. Cela ne s'explique-t-il pas, comme Elisabeth Badinter en émet l'hypothèse[3], par cette déception qui a suivi les espoirs des années 80 ? J'ajouterai : comme si les féministes (et les femmes en général), devant la persistance du vieux modèle,

1. « 40 % de femmes à la tête des grandes entreprises ? », Anne Chemin, *Le Monde*, 9 juillet 2009.

2. La participation des hommes aux soins et à l'éducation des enfants progresse très peu et les deux tiers de cette activité reviennent aux seules femmes. Le coucher et les activités de jeu sont certes un peu plus équitablement répartis mais les hommes continuent de concevoir leur contribution à la vie familiale comme « subsidiaire ». *Le Monde*, 8 avril 2009 et 4 décembre 2009.

3. Voir son introduction à *Fausse route* : « Le tournant des années 90 », Paris, Odile Jacob, 2003.

avaient non seulement cessé de le mettre en question mais avaient recommencé à penser que les femmes sont, par essence, *différentes*. Voilà ce qui me préoccupe.

Qu'on ne s'étonne donc pas si je n'explore guère les formes diverses de la suprématie masculine : ce n'est pas ici mon sujet.

Qu'on ne me reproche pas plus d'évoquer en priorité les femmes européennes, ultraprivilégiées par rapport à la majorité des femmes sur la planète, qui sont elles largement opprimées : j'essaie de voir comment la pensée que je trouve la plus libérale, la plus avancée, et valable pour toutes, peut cependant être critiquée et doit encore évoluer. Bien sûr, les femmes africaines excisées trouveraient que ce sont là des problèmes de nanties. Elles n'auraient pas tort. Mais ces Occidentales qui ont imaginé l'égalité peuvent, par leur réflexion et par les propositions susceptibles d'en découler, contribuer aussi à faire évoluer la situation des femmes du monde entier.

*(**Femmes du monde** : Du reste, comme j'aurai plaisir à le rappeler de temps en temps, la situation des femmes est inexorablement vouée à s'améliorer, et j'en trouve la preuve partout dans le monde, même là où leur condition exige d'elles un effort bien plus important que le nôtre pour accéder à l'égalité. Première illustration : au Kenya, les femmes de l'ethnie samburu sont considérées comme les esclaves des hommes et ne possèdent rien. Un jour, certaines en ont eu assez de leurs maris brutaux qui les battaient souvent et notamment lorsqu'elles*

s'étaient fait violer par les soldats de la base britannique voisine. Sous la houlette d'une maîtresse femme, Rebecca Lolosoli, elles ont donc amassé un petit pécule tiré de la vente de bêtes et de l'artisanat, et elles ont fondé un village, Umoja, dont l'entrée est interdite aux hommes. Elles y sont cinquante environ, entourées d'une centaine d'enfants, et réjouies, parées de colliers et de robes multicolores, pas du tout l'air affligé. Pas d'hommes, ce peut être triste, mais pas de coups – on les comprend. Étonnante capacité de rébellion contre un ordre ancestral. D'où leur est venue cette audace ?[1]*)*

1. *Umoja, le village interdit aux hommes*, documentaire de Jean Crousillac et Jean-Marc Sainclair, 52 mn, 2008.

5

Intimes convictions

Pourrai-je éviter, avec pareil sujet, de parler de moi ? Si mon point de vue repose notamment sur un faisceau de croyances et de représentations, comment ne pas l'ancrer dans l'intime, cet intime d'où sourd la pensée ? D'ailleurs, de quel lieu, de quel surplomb pourrais-je bien parler de la féminité, objet fantasque et labile, si ce n'est, aussi, depuis mon expérience propre ?

Je pars de deux profondes convictions, aucune n'obéissant au régime de la vérité (de la preuve et de la falsification) : d'une certaine manière, je me sens absolument, sans l'ombre d'un doute, une femme. Il en a toujours été ainsi. Dès l'adolescence (et peut-être avant), je me sentais femme mais j'aurais eu – j'ai encore – le plus grand mal à dire, au-delà des évidences physiques, ce que c'est qu'une femme. Je me sens donc être, sans l'ombre d'un doute, quelque chose dont la définition m'échappe presque entièrement.

D'un autre point de vue, celui du travail intellectuel (écriture, enseignement, réflexion), et même de certains plaisirs du corps (jardinage, sport), je me sens tout à fait neutre. *Neutre*, c'est-à-dire sans identité sexuée. Quand je pense – au monde, à la politique, à la liberté, à la littérature, etc. –, quand je pense je ne me sens pas femme – pas du tout. Mais je ne me sens pas homme non plus. Je ne me sens pas assignée à une identité *car à ce moment-là ce n'est pas la question*. Un autre exemple ? Quand je creuse un trou (après avoir démêlé l'écheveau des racines et mis à tremper le petit arbre dans une bassine), quand je vais chercher de l'engrais pour en tapisser le fond (soin superflu), quand je remplis le trou de bonne terre tout en maintenant le tronc vertical (on n'a que deux mains)… je l'affirme, je ne suis pas une femme, ni un homme, je suis un être qui jardine et qui met tout son soin à planter correctement un tilleul. Je suis le geste, l'imagination du printemps, la petite somme de savoirs du jardin, je suis l'espoir de voir s'enraciner l'arbrisseau : je ne suis pas une femme, je suis… au-delà ou en deçà.

Mais quand l'instant suivant je suis face à un homme désiré… (J'y reviendrai encore. Pas de risque que j'oublie.)

Je ne raconte pas cette petite expérience de jardinage parce qu'elle serait extraordinaire : au contraire, c'est sa banalité que je veux rappeler. À force d'entendre les femmes brandir à tout bout de champ leur revendication identitaire, on pourrait en être obsédé et oublier ces moments, très fréquents, où l'on ne se sent ni homme ni femme, où l'on est, simplement, *dégagé*.

6

L'identité, donc

Mais qu'entendre par ce terme d'*identité* si fréquemment brandi ? Si l'on veut bien y réfléchir quelques instants, on m'accordera que cette notion, devenue le pivot d'innombrables raisonnements, n'a, dans son utilisation courante, rien d'objectif et ne porte guère de signification assurée. On a même l'impression d'un contenant mou, fourre-tout, qui permet une sorte d'inversion logique : au lieu de partir de ce qu'on fait, de ce qu'on désire et d'en conclure à une identité (comme somme mouvante de nos désirs et de nos actions), on se reconnaît d'emblée dans cette idée floue qu'on appelle son *identité* et qui n'est souvent tissée que de clichés et préjugés, de sorte qu'on reste coincé dans des représentations qui imposent par avance le programme de ce qu'on doit être, faire et désirer[1].

1. Il est probable que la question identitaire est devenue aussi envahissante dans nos sociétés parce que, la mondialisation nous

Ce que je suis est changeant, myriade de possibilités sollicitées tour à tour, et mon sentiment de moi-même n'est jamais identique dans chaque relation ou dans la solitude. Mais raisonnons quand même et essayons de comprendre ce que veut dire, par exemple, un jeune beur revendiquant son *identité* de jeune beur. À quoi fait-il référence ? Imaginons. À l'histoire de sa famille sur plusieurs générations telle qu'il la porte en lui. À son physique. Aux péripéties de son inscription sociale et professionnelle. Au racisme ordinaire dont il se sent l'objet. À la proximité ressentie avec ses amis et proches (un vécu similaire). En gros, donc, à trois choses : à ce qu'il est objectivement, à ce qu'il croit être, et à l'image que les autres lui renvoient de lui-même.

Des deux derniers points, le moins qu'on puisse dire est qu'ils sont peu stables. Représentations de soi-même, représentations de soi dans le regard de l'autre, adhésion ou pas à ces représentations… Alors ne conviendrait-il pas de parler plutôt d'*identifications* que d'identité ? Identifications : nécessairement provisoires, changeantes, relationnelles et partielles, le terme exprime le mouvement et la relation, et non un fantasmatique attribut substantiel de la personne.

Application à mes propres identifications : quand je dis que je me sens femme, qu'entends-je ? (Me voici arrêtée devant ma phrase depuis un bon bout

---

faisant vivre désormais sur une « petite planète », nous avons perdu toutes sortes d'anciens repères qui assuraient de cent façons notre identité. Reste donc la revendication angoissée de tout ce qui semble permettre de redessiner des contours fermes autour de notre incertaine personne.

de temps… Parfois je me demande pourquoi je me lance dans des opérations pareilles.) J'entends que, sans conteste, ma morphologie et ma physiologie sont celles d'une femme, de sorte que quand j'entre chez mon boulanger, il me salue immanquablement par un « bonjour, madame ». Voilà pour l'objectivité. Nécessaire mais insuffisant pour expliquer le sentiment identitaire. Vient ensuite ce que je crois être. Qu'est-ce que je me crois ? La réponse, très intime (et donc la plus fragile aussi : difficile de généraliser à partir de réponses intimes), me renvoie à mes parents. Je me sentais dès longtemps fille dans le regard de ma mère, bien sûr (d'ailleurs c'est à moi qu'elle confiait certaines tâches domestiques pour que je l'assiste dans son activité maternelle). Dès longtemps fille dans le regard de mon père. Là, ça se complique. Mais il est probable (intuition) que, si ce n'est pas seulement grâce au regard du père qu'une fille devient femme, c'est en tout cas lui qui induit la sorte de femme qu'elle deviendra (ceci pourrait bien changer dans les générations à venir – je ne parle ici, on l'a compris, que *pour l'instant*). Génie de mon père : il ne voyait pas pourquoi je ne serais pas, plus tard, président de la République ou professeur de médecine, et *en même temps* il me regardait comme une femme. Je ne sais ce que signifie exactement cette deuxième constatation : une infinité de choses minuscules dont l'ensemble contribuait à construire mon identité féminine. Quoi qu'il en soit, j'avais simultanément le sentiment d'être femme et l'idée qu'aucune sorte d'accomplissement ne me serait *a priori* refusée, si je le désirais.

Ici, une digression sur mon père – car après tout, ce livre sur la liberté des femmes et sur l'amour des hommes peut bien commencer par la louange d'un père, je pressens que ce n'est pas étranger à mon propos. (Et tant pis pour ma pudeur : sur certains sujets, il n'est de bon laboratoire que soi-même qui porte la forme de l'humaine condition.)

Mon père m'a longtemps parlé, beaucoup, très attaché à son rôle de pédagogue, il m'a même saoulée de paroles, de réflexions, et jusqu'à tard je n'ai pas eu la plus petite idée qui ne me vînt de lui. À une époque que je situe comme celle de la première adolescence, il m'a offert deux choses essentielles. Un jour il m'a dit, tandis que je discutais avec lui : « Tu vois, cette idée que tu viens d'exposer, je ne l'avais pas eue. Tu viens de formuler quelque chose de très intéressant que je n'avais jamais pensé. » Moment faramineux de l'autorisation d'envol. J'ai entendu : tu peux réfléchir toi aussi, tu peux m'enrichir, tu peux inventer à ton tour. File le navire de mon esprit.

Une autre fois, il m'a incitée à sortir (j'étais plutôt solitaire), à aller au-devant des jeunes gens de mon quartier (« Même si tu ne les trouves pas passionnants, ils t'apporteront certainement quelque chose »), sortie qui a évidemment été accompagnée très vite d'un premier flirt, puis de mon premier amour. De ce nouvel aspect de ma vie, tandis que jusqu'alors nous parlions de tout, partagions tout, je ne lui ai rien livré : et il ne m'a rien demandé, il allait de soi que je vivais ma vie de jeune fille et qu'elle n'était plus partageable avec lui. J'ai entendu : va, ma fille, je t'aime mais tu peux librement avoir d'autres affections.

Il y a des manières d'aimer ses enfants qui relèvent d'un génie de l'amour.

Penser, aimer : j'ai reçu à la même époque deux autorisations capitales de grandir.

Voilà pour cette identité construite dans l'enfance, ce que je crois être. Et celle dont les autres me renvoient l'image ? Il faut convenir, quoi qu'en disent certaines féministes plaintives, qu'elle est contrastée mais pas uniment défavorable. Aujourd'hui où la réflexion et le droit concourent chaque jour au progrès vers l'égalité concrète, on se sent moins bridée et moins brimée. Il reste cependant une masse insidieuse de représentations, chez les hommes comme chez les femmes, qui ralentissent le mouvement d'émancipation. D'où mon désir d'écrire ce livre. Car paradoxalement ce n'est pas tant la « domination masculine » qui est inquiétante, que le nouveau discours identitaire qui s'est imposé et dont l'émergence s'explique peut-être par une crainte soudaine face à ce qu'on s'est mis à qualifier de *dérive de l'indifférenciation des sexes* : ainsi donc (se sont affolées certaines) la féminité serait une construction sociale et rien de plus ? Mais alors, qui voyait-on en se regardant dans le miroir ? Quel être dépourvu de spécificité ? de qualités ? d'identité ? Non, on n'allait pas gommer notre différence si facilement, il existait bel et bien une essence féminine, irréductible[1]...

---

1. Du reste, je partage les réticences d'Elisabeth Badinter concernant cette *domination masculine* qui n'est pas moins floue que l'*identité féminine* : « Au bout du compte, on peut se demander si la notion

Ainsi, parce qu'il fallait à tout prix que la féminité résiste au féminisme, nos contemporaines, imitant Pénélope, ont entrepris de défaire (il suffit de tirer un fil) le travail merveilleux qu'avaient accompli les générations précédentes. Et voilà ce qui rend pour moi nécessaire, en tant que personne qui ne se reconnaît que de façon très partielle dans la figure anecdotique de la femme à laquelle on voudrait la réduire, de réclamer à nouveaux frais mon affranchissement, comme l'affranchissement *de toute sujétion*.

---

simplificatrice et unificatrice de "domination masculine" n'est pas un concept obstacle. Autre nom d'une altérité radicale, il servirait à éviter de penser la complexité, l'historicité et l'évolution du rapport des sexes. Ce concept "attrape-tout", en enfermant hommes et femmes dans deux camps opposés, ferme la porte à tout espoir de comprendre leur influence réciproque et de mesurer leur commune appartenance à l'humanité. » *Fausse route*, *op. cit.*, p. 62.

7

Faire, plutôt qu'être

Certaines questions sont déjà, en elles-mêmes, une forme de réponse. Exemple : certains matins – j'y reviens, je reviens toujours aux matins –, je me suis levée en me demandant « À quoi bon vivre ? Y a-t-il une nécessité et un sens à tout cela ? ». La question était à l'exacte mesure d'un fléchissement du désir vital : ces matins-là, à l'évidence, la dépression rôdait. Parce que les après-midi printanières, lorsque je suis dans mon jardin baigné de lumière, quand l'air est si doux que je ne sais plus si je suis dedans ou dehors tant ce dehors est protecteur, je n'interroge jamais le sens de la vie, il me paraît aller de soi. La joie correspond à la suspension de la question du sens au profit du déploiement exquis et silencieux du désir.

Il y a très peu de domaines dans lesquels il est plus intéressant d'*être* que de *faire*. Je veux dire que chaque fois qu'on peut dire « Je fais » au lieu de « Je suis », on y gagne. Exemple : l'un se torture quotidiennement en se demandant « Suis-je ou ne suis-je pas peintre ? ». Alors qu'il est tellement plus reposant – et efficace – de se dire « Je peins des tableaux » et, du coup, de le faire sans trop penser aux étiquettes de l'identité. Ce que je suis, ensuite, on verra bien. Plus tard, peut-être, de la somme de mes actes surgira un peu d'être. Sans attendre ce jour faste, d'emblée, l'élan de mon activité me donne le sentiment de ma liberté et provoque la suspension de la question vaine de l'identité.

Je ne sais pas exactement ce que c'est qu'*être* une femme, mais je suis sûre de vouloir *faire* de nombreuses choses (dont la plupart pourraient également être faites par des hommes, d'ailleurs), et mon seul souci est qu'on ne m'empêche pas, sous prétexte que je suis une femme, de les faire. En ce sens la question de l'identité, passé l'adolescence, me paraît secondaire par rapport à celle de la liberté d'agir. C'est pourquoi je propose d'inverser les priorités et de rechercher toujours la liberté au lieu d'une insaisissable identité.

(Je sais qu'ici, quelqu'une se lèvera pour me dire que, pour elle, la question de l'identité est un problème dramatique, qu'elle ne sait pas ce qu'elle est, qu'elle ressent un vif sentiment d'imposture concernant sa féminité, que tout cela provoque en elle de pénibles souffrances, etc. Il faut admettre qu'à ce problème mon livre ne peut apporter de réponse directe. Je m'y demande seulement comment on peut envisager la question du féminin et de l'égalité, et j'essaie de donner des arguments à peu près rationnels pour contribuer à la transformation de nos représentations. Mais, au demeurant, poser – en quasi tout domaine, d'ailleurs – le *faire* comme une priorité par rapport à l'*être* me paraît une idée de nature à modifier notre position et à améliorer notre condition. Envisager les problèmes autrement qu'on ne le faisait, même si cela ne suffit pas toujours à les résoudre, constitue toujours un gain.)

8

« Permettez-moi de vous inviter » : le changement à deux vitesses

Bien sûr, il y a aussi tout ce qui résiste en nous, les femmes, à l'émancipation, et notamment les bénéfices secondaires de notre condition inégalitaire. N'est-il pas agréable qu'un homme, au simple prétexte de sa masculinité, vous offre un verre, le repas, vous aide à enfiler votre manteau ou bien ouvre la porte pour vous ? Ce faisant, il vous indique silencieusement qu'il vous regarde comme une femme et, ma foi, être ainsi considérée procure un plaisir incontestable. La séduction est un des grands agréments de l'existence, et la galanterie, comme séduction gratuite (c'est-à-dire qui ne vise rien de précis, qui n'aura pas nécessairement de conséquences concrètes), tout autant.

Mais, mesdames, si nous voulons être cohérentes (et j'y insisterai souvent : il ne s'agit pas, comme le font trop de femmes, de chercher constamment et de désigner des coupables *à l'extérieur*. Voyons un peu – travail de la lucidité valable à chaque instant –

comment nous contribuons nous-mêmes à l'inégalité), je disais donc : si nous voulons être cohérentes, ne faudrait-il pas au moins renoncer à considérer comme normal que les hommes règlent *toujours* l'addition pour nous ? Pour ma part, je le dis et je le fais : je ne renonce pas forcément à être invitée, mais je ne trouve pas que cela aille de soi. J'essaie même de payer autant que les messieurs. Parfois d'ailleurs – souvent – ils disent qu'ils en sont chagrinés et qu'ils tiennent à vous inviter (ils invoquent, les coquets, leur passé machiste ou leur éducation rétrograde et je trouve cette revendication virile très charmante). Il faut alors les laisser faire – surtout si l'on a des visées amoureuses. De toute façon, c'est là une question d'ajustement aux circonstances et il serait bête de se raidir – mais tout en gardant à l'esprit que l'affaire ne va pas sans dire.

L'ajustement, donc. Pourquoi ai-je écrit « surtout si l'on a des visées amoureuses » ? Parce qu'il m'a toujours semblé que l'émancipation progressait à deux vitesses – si c'est le mot. Avançait sur deux couloirs. D'un côté, la vie sociale, professionnelle et domestique. Sur ces terrains, se battre, sans hésitation, pour accéder à l'égalité la plus parfaite. De l'autre, la vie amoureuse. Là, tout est plus compliqué. Et surtout, la volonté ou la rationalité n'y sont plus seules maîtresses du jeu. Il faut admettre que la force des stéréotypes, des habitudes anciennes (et périmées, ou qui le seront sans doute à court terme), les tournures d'esprit obsolètes (vouloir *être prise*, par exemple) constituent les conditions actuelles de possibilité du désir et de la séduction, et à ce titre il faut ne les manier qu'avec des pincettes.

Je m'explique. Je ne sais pas à quoi ressembleront les relations entre les sexes demain. Peut-être l'idée que l'un doit payer pour l'autre aura-t-elle disparu (il est d'ailleurs possible qu'il en aille déjà ainsi dans les générations nouvelles : je dîne rarement avec de très jeunes hommes) et celui qui par hasard ouvrira le chemin tiendra par conséquent la porte du restaurant. Sans doute ces nouveaux comportements n'empêcheront-ils pas la séduction mutuelle de s'exercer. C'est probable. Aujourd'hui, il me semble que, chez les hétérosexuels, le désir est lié à la conscience que chacun est, face à son partenaire, l'*autre sexe*, et c'est cette « vérité » qu'il signale par des comportements et attitudes répertoriés. La galanterie est une façon de mettre au premier plan et avec emphase cette différence, afin de formuler implicitement la proposition (et la promesse). (NB : par commodité, j'emploie pour l'instant l'expression *différence des sexes* comme si elle allait de soi : je la discuterai plus loin.) Cette prééminence de la conscience des sexes dans le désir changera peut-être, mais en attendant elle vaut la peine qu'on la considère avec précaution, car on ne peut pas se comporter avec le désir comme s'il était modifiable à loisir sur décision de la volonté, par militantisme.

Parenthèse et nuance : cependant, il est probable que les êtres se désirent surtout en raison du fait, impondérable et mystérieux, de leur simple altérité, laquelle ne me paraît pas due à la seule différence des sexes. Car l'érotisme est avant tout *cosa mentale*, on le sait. Je ne te désire pas seulement parce que je te sais pourvu de l'organe qui peut me satisfaire (on n'est pas des bêtes !) mais aussi parce que je te perçois, globalement, dans ta totalité, comme un autre. Et quand cet *autre* est le *même* anatomiquement, comme dans le désir homosexuel, c'est sans doute encore son *étrangèreté* (car il n'y a que des autres en face de chacun) qui nous attire. (J'avais prévenu : pas de savoir, pas d'assurance, juste d'intimes convictions et des propositions hasardeuses. « Mes pensées, ce sont mes catins[1] », disait encore mon maître à danser.)

Qu'est-ce donc qu'un homme autre et désirable[2] ? Au-delà de la dimension individuelle de la réponse, chaque époque propose de nouvelles normes du goût amoureux. Le toréador d'hier a fait place à un homme plus manifestement sensible et fragile (lire « Quels hommes sont aimables ? », mais il n'y a pas d'urgence). Je me souviens de mon enthousiasme, lors de la sortie du film *La Leçon de piano*, dans lequel Jane Campion montrait combien elle avait saisi les nuances contemporaines du désir féminin (qui chan-

1. Denis Diderot, *Le Neveu de Rameau*, chapitre premier.
2. Je me rends compte qu'ici je dois balayer (mais l'idée est tellement évidente qu'une note y suffira) toutes les sottises sur les hormones, phéromones et autres biologismes. Que les êtres humains soient voués, par les lois de la nature, à procréer, c'est un fait. En ce sens, ils sont voués à faire l'amour, comme tous les animaux. Mais au lieu de simplement s'assaillir au coin des bois (des avenues) quand la libido les submerge, ils se choisissent, et c'est un grand et merveilleux mystère auquel je soupçonne que la biologie ne répondra jamais, comme elle ne répondra jamais à la question de la conscience, de la liberté et du libre arbitre.

geront peut-être demain), en créant ce personnage de Maori, de la plus délectable virilité (un quasi-sauvage, musclé, décoré de plumes et de peintures – je crois), et de la plus émouvante sensibilité (écoutant, touchant la femme désirée avec un infini respect, devinant ses désirs, se mourant d'amour pour elle quand elle s'éloigne). J'avais eu le sentiment que cette association, virilité et sensibilité, correspondait exactement à notre désir – pour l'instant.

Et encore à propos d'altérité, une remarque incidente. L'usure du désir (la fameuse, la redoutable usure) ne surviendrait-elle pas justement quand l'autre devient moins autre ? quand la familiarité le rend si proche et si prévisible qu'il n'est plus en mesure de créer la friction, l'étonnement ? C'est bien lui (elle) pourtant, qui nous avait séduit(e), qui nous faisait rire, qui savait nous surprendre par une idée nouvelle, une réplique imprévue. Mais à présent, nous le (la) devinons, nous pouvons anticiper sa réaction, sa petite manie, son humour, et encore heureux si cet inévitable retour des gestes quotidiens ne nous exaspère pas (les vieux couples – l'irritation permanente des vieux couples même quand ils s'aiment : ah ! si tu pouvais m'étonner un peu, soupire chacun).

C'est l'usure du sentiment d'altérité qui ruine le désir et m'incite à repartir en chasse, puis à trouver l'oiseau précieux que je regarde et que je hume, que j'écoute mais je n'en fais pas le tour, et je me délecte – etc. (Voir la séquence « Désirer ».)

9

Pas grave ?

S'il faut avoir conscience du vaste système de croyances et de représentations qui fonde les rôles sexués (pour n'en être pas dupe, pour le déconstruire, pour ne pas prendre ses préjugés pour argent comptant, etc.), l'aborder sans tenir compte de l'amour et du désir serait tomber dans un péché d'abstraction. Chacun(e) assoit sa pensée ou son opinion sur un « devoir-être », un système de valeurs, normatif. Chez moi, par exemple, la liberté commande tout le système ; chez d'autres, c'est l'identité. Cependant, ces valeurs s'accompagnent chez chacun de pratiques, de conduites et d'affects qui peuvent éventuellement les nuancer ou même les contrarier. C'est la vie réelle. L'amour et le désir sont les garde-fous de notre pensée. Les oublier nous condamnerait à rester dans la théorie et à négliger la réalité de l'existence quotidienne, sa substance, l'épaisseur des jours, des sentiments, ce qui organise concrètement une partie des relations entre les sexes, ce qui décide de nos choix, de nos refus – de nos indulgences aussi.

Parenthèse. (« J'abandonne mon esprit à tout son libertinage. Je le laisse maître de suivre la première idée sage ou folle qui se présente, comme on voit dans l'allée de Foy nos jeunes dissolus marcher sur les pas d'une courtisane à l'air éventé, au visage riant, à l'œil vif, au nez retroussé[1]... ») Je suis souvent éberluée quand j'entends les jeunes gens d'aujourd'hui déclarer sur tous les tons que « faire l'amour, c'est pas grave ». Étonnant déni ! C'est très grave, c'est délicieusement et incroyablement grave, je connais même peu de choses aussi graves. Peut-être veulent-ils signifier que ce n'est pas « mal », que ce n'est pas « immoral », que ce n'est pas « interdit » (tous ces droits qu'on a, hein, de nos jours). Alors, comme ces enfants criant dans le noir « Je n'ai pas peur, je n'ai pas peur », ils disent que ce n'est pas grand-chose, comme si la liberté de faire l'amour enlevait à cet événement stupéfiant sa charge d'émotion, son extrême importance[2]... « Ce n'est pas grave », la formule me fait penser, dans sa puissance de déni, à cette remarque de Freud en 1914 : « Celui qui promettra à l'humanité de la délivrer de l'embarrassante sujétion sexuelle, quelque sottise qu'il choisisse de

---

1. Denis Diderot, *Le Neveu de Rameau*, chapitre premier.

2. Souvenir consternant : il y a quelques années, j'ai travaillé pendant six mois dans un studio situé au bout d'un immeuble qui avait la forme d'un L et, au printemps, du fait de cette disposition, je pouvais, par nos fenêtres ouvertes, suivre l'intégralité des conversations téléphoniques de ma voisine, une jeune fille libre qui remplaçait systématiquement, à la fin des appels, « Je t'embrasse » par « Je t'encule »...

dire, sera considéré comme un héros[1]. » Le bouleversement intime (l'abandon du sentiment de soi ordinaire au profit d'un moi élargi aux dimensions de l'univers, la rencontre de l'Autre) que provoque l'amour en actes est un ébranlement majeur. Tu me plais, l'événement confine au miracle. Non du fait de sa rareté mais en raison de sa force et de sa dimension aléatoire. J'aurais pu rester isolée en moi-même, limitée à moi-même, j'aurais même pu me donner du plaisir, mais rien n'eût été comparable à la rencontre – qui aurait pu ne pas avoir lieu. J'ai croisé cent hommes qui ne m'ont pas émue. Et soudain celui-ci est un gouffre qui m'aspire. Certains disent que le désir a rapport avec la mort : je n'en sais rien, il a surtout rapport avec la Joie majuscule, avec la merveille d'être absolument vivant.

1. Ernest Jones, *La Vie et l'Œuvre de Sigmund Freud*, tome II, Paris, PUF, 1961, p. 161. Cité par Michel Schneider, *La Confusion des sexes*, Paris, Flammarion, 2007. Je me demande si l'actuelle et inquiétante promotion des « mamans », qui désexualise les femmes, ne va pas dans ce sens : femme et mère sont toutes deux corporellement femelles, mais une seule est du côté du sexuel. La régression actuelle qui consiste à présenter la maternité comme l'essence de la femme est aussi réductrice que sinistre.

10

De nouvelles chaînes : le différentialisme

À ce point, on aura compris que j'exige une parfaite égalité entre hommes et femmes, tout en ne prônant jamais l'abandon de la féminité dans la vie privée puisque j'ai émis l'hypothèse que le désir jouait, pour les hétérosexuels, du sentiment de la différence. Cependant, je demande de n'être pas en permanence assignée à une identité sexuée car je crois que, dans de nombreuses situations quotidiennes, cette question n'intervient pas et doit donc pouvoir être suspendue (je me répète mais c'est qu'on ne le dit pas assez).

Quand j'accuse une certaine forme de féminisme – qu'on appelle le différentialisme – d'être rétrograde et préjudiciable à la cause des femmes, que lui reproché-je donc ? Et il me paraît d'autant plus nécessaire de m'en expliquer que ce différentialisme, à propos duquel souvent mes interlocuteurs me demandent : « Mais qu'est-ce donc ? », est, peut-être à cause de l'actuelle passion identitaire, insidieusement en train de gagner l'opinion commune.

En deux mots, le différentialisme consiste à croire que, du fait du déterminisme biologique (l'appareil reproductif), les femmes seraient d'une tout autre nature que les hommes (« Pangloss enseignait la métaphysico-théologo-cosmolo-nigologie. Il prouvait admirablement qu'il n'y a point d'effet sans cause[1]... »), et à en tirer toutes sortes de conséquences, non seulement dans la vie quotidienne, mais encore dans les domaines politique, civique et professionnel. Cela ne vous rappelle rien ? Pour moi, l'évocation de cette croyance fait surgir le spectre de millénaires de subordination féminine. C'est précisément parce qu'on a cru et fait croire que les femmes étaient par essence « différentes » qu'on leur a ôté (ou jamais laissé prendre) les positions de pouvoir et d'autorité et qu'on les a plus ou moins et partout constamment confinées à la maison (la hutte, la case, la grotte). Les différentialistes se défendent en déclarant que la différence n'implique pas l'inégalité. Sophistique : comme le notait récemment Elisabeth Badinter, « l'égalité se nourrit du même (=), non du différent (≠)[2] ». J'ajouterai, en guise d'illustration : ce n'est pas au nom de l'idée « *les Noirs sont différents* [ils ont une peau sombre] *mais on-peut-être-égal-même-quand-on-est-différent* » qu'on a accordé aux Noirs les mêmes droits qu'aux Blancs. C'est au contraire parce qu'on a enfin admis qu'ils étaient absolument les mêmes, sur le plan de l'humanité, et non pas différents. La couleur de peau, tout en étant *naturelle*

1. Voltaire, *Candide ou l'Optimisme*, chapitre premier.
2. Elisabeth Badinter, *Fausse route*, *op. cit.*, p. 217.

(relevant du biologique), n'est un critère pertinent pour rien du tout, et par conséquent, reconnaissant que les Noirs et les Blancs étaient semblablement humains, on leur a concédé exactement les mêmes droits.

Dans tout cela, encore une fois, il s'agit de point de vue : car il y a de la différence partout, entre tous les individus. La question est de savoir si on raisonne et légifère à partir des différences ou à partir de la ressemblance. Il me semble que tous les progrès de l'humanité sont venus de ce qu'on valorisait la ressemblance entre les êtres, et s'il y a bien une chose qu'on peut aimer dans la religion chrétienne, c'est d'avoir appelé chaque autre mon semblable.

Et même si l'on peut imaginer quelques bricolages intellectuels pour faire passer ce raisonnement (différence *et* égalité), je suis persuadée que, concrètement, l'urgence reste de se battre pour l'égalité. Les différences, on verra plus tard (si on en trouve encore), quand les hommes assureront les tâches domestiques à 50 %, et quand 50 % des entreprises seront dirigées par des femmes. Je vous certifie que ce jour venu, je me passionnerai pour la recherche des différences et mon byzantinisme n'aura alors pas de limites. En attendant, prenons garde : chaque fois que nous proclamons notre différence, nous y perdons sur le plan de l'égalité. Ou encore, autrement et fémininement dit : ayant chassé l'oppression par la porte de notre maison-tête avec le balai de l'égalité, elle nous revient par la fenêtre avec le vent de la différence.

Et pour dire le fond de ma pensée, je ne vois dans ce souci différentialiste qu'une nouvelle ruse de l'aliénation. L'aliénation, vous savez, le fait d'avoir intériorisé et fait siens les diktats et croyances qui nous sont le plus défavorables, au point qu'on est persuadé de les avoir choisis. Par exemple, ces femmes musulmanes qui affirment qu'elles sont absolument libres et heureuses de porter le voile. J'ai en mémoire une vision pathétique, saisie à la télé : une femme manifestant pour le port du voile à l'école expliquait au journaliste combien elle se sentait libre. À côté d'elle et lui tenant la main, une toute petite fille, voilée : bien sûr, il ne faisait pas de doute que cette fillette, ainsi consciencieusement formée, choisirait « librement », une fois adulte, d'arborer le tchador…

Ah, mes sœurs ! Quel préjudiciable souci, celui de la différence ! Quelle passion étriquée, celle de l'identité ! Quelle consternante manière de déclarer aux hommes qu'ils ne s'inquiètent pas, qu'on n'est pas pareilles, pas tellement pareilles ou pas pareilles du tout, qu'ils peuvent dormir sur leurs deux oreilles, ce n'est pas nous qui en bougerons une. Nous, maternantes mères, comme Dame Nature nous en fait une obligation, nous leur ferons encore et toujours de beaux enfants que nous élèverons – nous aimons tant nos chaînes roses et bleu layette ! Et ainsi chaque personne sera-t-elle à sa place et les places bien gardées.

*(**Femmes du monde** : Lorsque les Iraniennes ont cherché à traduire « féminisme », elles ont fabriqué une expression qui signifie en persan « femme revendiquant*

la liberté ». Nous, pauvres Pénélopes qui défaisons sottement le travail de nos aînées, nous n'entendons actuellement dans ce mot que « femme revendiquant son identité ». Grand risque de régression[1]*...)*

---

1. « Le mot féministe a trouvé sa place dans les esprits », entretien de Josyane Savigneau avec la journaliste Shahla Sherkat, *Le Monde*, 9 mars 2009.

11

La personne plutôt que la communauté

Je sais bien que la pensée différentialiste ne recommande cependant pas aux femmes de rester à la maison et qu'elle les invite au contraire à se rendre dans les lieux d'exercice du pouvoir. L'égalité est pour elle aussi l'objectif. La divergence intervient quant aux moyens de parvenir à cette égalité. Que nous propose-t-elle donc par exemple en matière de politique et de citoyenneté ? La parité. Celle-ci ne désigne pas seulement la volonté qu'il y ait autant de femmes que d'hommes dans la vie politique – car cela, toutes les femmes le souhaitent. Prise dans une perspective différentialiste, la parité a consisté à prescrire l'égalité en l'inscrivant dans la Constitution, c'est-à-dire à introduire dans le texte-cadre de la République ce qui n'y avait jamais figuré, la différence des sexes, et ceci afin que la parité soit obtenue par la force contraignante de la loi[1]. Bien

1. Depuis la première loi dite « de parité » votée en juin 2000, l'article 1er de la Constitution d'octobre 1958 a été modifié par la loi

que je le regrette, c'est chose faite, et bien que les résultats concrets n'en soient pas encore remarquables, ils le deviendront peut-être... Mais je vais dire pourquoi je le regrette.

Libre à chacun de vivre intensément au quotidien son identité et de la proclamer quand il le souhaite : religion, ethnie ou sexualité, chaque individu s'en débrouillera. Mais il me semble plus juste que ces identités ne soient pas prises en compte au plan de la citoyenneté (c'est-à-dire dans la relation des individus à l'État), car ce qui doit prévaloir alors, c'est l'universalité de la personne. C'est-à-dire ? C'est-à-dire que, comme l'affirme notre Constitution, chacun (c'est-à-dire absolument tout le monde) naît libre et égal en droit. (Comme nous le savons et constatons, il faut parfois batailler longuement pour que ce qui a été acquis en principe passe dans les faits. Mais souvent les principes ouvrent la possibilité d'une modification des faits, l'inverse étant plus problématique.) L'idée est donc de s'affranchir des particularismes culturels, religieux, nationaux ou sexuels dans la définition du citoyen. L'autre option (la solution dite anglo-

---

constitutionnelle du 23 juillet 2008 de modernisation des institutions de la Ve République : « La loi favorise l'égal accès des femmes et des hommes aux mandats électoraux et fonctions électives, ainsi qu'aux responsabilités professionnelles et sociales. » Voir le recueil des arguments de ceux qui ont souligné les dangers d'une loi sur la parité, *Le Piège de la parité. Arguments pour un débat*, Paris, Hachette Littératures, « Pluriel », 1999. Parenthèse : je suppose que, dans le clan des paritaires, il n'y avait pas que des différentialistes confirmées, mais aussi des femmes qui n'évaluaient pas certaines conséquences de leur combat. Quoi qu'il en soit, l'idéologie sous-jacente en est bien le différentialisme.

saxonne) consiste en une conception communautariste de la société : chaque communauté (ethnique, sexuelle...) doit défendre et promouvoir ses intérêts et l'État n'est là que pour arbitrer les relations entre communautés. Ma position (universaliste) : dès qu'on sort de la sphère privée pour aller sur le terrain de la citoyenneté, il faut suspendre les particularismes au profit d'une conception de chacun(e) comme *personne*, échappant donc à tout particularisme, dans la mesure où une personne est irréductible à des définitions qui ne feraient d'elle que l'élément d'un groupe quel qu'il soit : elle est toujours à la fois beaucoup plus vaste et plus singulière, car elle inclut le plus général, le plus abstrait, en même temps que ce qui nous rend, chacun, unique[1].

Mesdames, vous êtes des personnes ! Peut-être, en plus, êtes-vous femme, corse et protestante. Mais d'abord, la Constitution vous regarde (vous regardait) comme une personne. Oui, c'est une belle chose que cette notion qui englobe toutes les particularités mais nous met au-dessus d'elles, et donc élargit l'être humain. Et si chacun(e) est une personne, on peut faire, dans de nombreuses situations, abstraction de ses petites particularités (et même des grandes), en se haussant au niveau de principes qui valent pour tous. C'est ce que pose la Déclaration des droits de l'homme et du citoyen qui fonde nos droits et nos devoirs. La Déclaration ne dit pas qu'il n'y a pas de différences *dans les faits*. Elle dit que sur

1. Voir Nathalie Heinich, *Les Ambivalences de l'émancipation féminine*, Paris, Albin Michel, 2003, chap. 6.

le terrain de nos droits et devoirs nous devons suspendre la question de ces différences pour ne considérer que des personnes. Je ne vois pas de plus avantageuse conception de l'être humain.

Je sais bien que parfois, et peut-être souvent, la loi est en avance sur les mentalités et qu'on doit s'en servir pour contribuer au progrès de la société. Voir par exemple la question de la peine de mort : si l'on avait attendu que les mentalités évoluent au point que les Français votent majoritairement pour son abolition, on y serait encore. Est-ce la même chose pour la parité ? Bien sûr, les femmes ne peuvent qu'être favorables à la parité, c'est-à-dire au fait que, concrètement, elles soient aussi nombreuses, dans la vie politique, que les hommes. La question est : comment y parvenir ? Les différentialistes ont voulu qu'on modifie la Constitution pour cela, c'est-à-dire qu'on introduise du particularisme dans la définition du citoyen : en y intégrant la dimension du sexe, on a sérieusement porté atteinte à la conception de la personne qui y prévalait. À présent, notre Constitution ne nous pose plus seulement comme *citoyen*, universel, mais elle nous envisage comme *individu*, par exemple de sexe féminin. La boîte de Pandore est ouverte… Plus haut j'ai parlé de « petites particularités et même de grandes ». Car la division du monde entre hommes et femmes est certes une grande particularité et c'est à ce titre qu'on a voulu en tenir compte dans la Constitution. Mais qu'est-ce qui empêchera, une fois qu'on a commencé, que toutes les particularités, y compris beaucoup plus petites, demandent à être prises en compte ? Pourquoi ne pas imposer la parité pour les Noirs, les Juifs, les homosexuels, les handicapés, etc. ? On peut redouter que le différentialisme n'ouvre la porte, par contamination intellectuelle, à tous les communautarismes – voilà ce qui me chagrine. Alors adieu l'universalisme, cette belle invention des Lumières (voir mon correctif, deux séquences plus loin), nous serions tous ramenés à des petits moi-moi valsant sous la baguette du grand marionnettiste qui tenterait, dans le tohu-bohu de nos multiples différences revendiquées (*et moi mon costume a un bouton rouge*, *et moi je préfère les topinambours*, *et moi*, *et moi !*), qui tenterait de faire tenir ensemble une société.

12

Comment dire ? Vertus du neutre

On s'est parfois étonné que dans mes romans ou mes essais les narrateurs et les personnages principaux soient souvent des hommes. Aussi : dans *Le Sentiment d'imposture*, j'ai pris garde à ce qu'on ne puisse jamais assigner un sexe au Tu à qui s'adresse le livre (et qui équivaut aussi à un Je narrateur), de même que dans mon roman *Lent Delta*, j'ai créé un alter ego avec lequel dialogue la vieille dame qui est le personnage principal du récit, et là encore j'ai pris grammaticalement soin qu'on ne puisse jamais lui attribuer un sexe. Trouble dans le genre ? Non : vertus du neutre. Dans notre langue à deux genres, c'est le masculin qui est chargé de représenter le neutre. « Il pleut » et « Il y a » et « Il était une fois »… Mes personnages masculins sont souvent de ce genre-là, du genre qui vaut pour tous et pour chacun, le genre « suspendu ».

Dès que l'on met en scène une femme, on ne voit plus seulement un être humain : on voit un être humain doté d'un certain nombre de traits qui en font une femme. Faire parler une narratrice ou faire d'une femme le personnage principal, c'est créer une attente spécifique chez le lecteur, l'attente qu'elle se comportera non comme un être humain mais comme un être féminin. L'homme est pour l'instant encore la verticale et la femme l'oblique, l'homme est déterminé par son humanité et la femme par son sexe. Elle est chargée, physiquement et psychiquement, de porter la différence sexuelle. Cela ne me fait pas plaisir, mais enfin c'est un fait culturel, et en tant qu'écrivain je suis obligée d'en tenir compte quand (comme il est fréquent) je pose des questions qui concernent plutôt l'être humain en général que l'être sexué, questions donc pour lesquelles la dimension du genre est suspendue. D'où mon recours fréquent au masculin.

Je trouve poétique et suggestive une idée de Bernard Saladin d'Anglure, grand ethnologue spécialiste des Inuits, qui utilise la notion de « troisième sexe » (le terme désignant dans le langage courant tous les mélanges, chevauchements et orientations sexuelles hors la norme) pour décrire une particularité (en voie de disparition) de la société inuit. Les enfants qui y naissent connaissent une grande instabilité de sexe et de génération : par exemple, une petite fille peut être considérée comme la remise au monde de son grand-père. Souvent, ces personnes deviennent des chamanes (des figures de médiation entre les différentes instances de l'univers inuit). Saladin d'Anglure se demande si le troisième sexe n'existerait pas dans toutes les sociétés humaines et, si oui, pourquoi les scientifiques ne l'ont pas identifié et conceptualisé : sa réponse est que justement ces chercheurs appartiennent eux-mêmes au troisième sexe, comme tant de médiateurs, communicateurs, créateurs, innovateurs, mystiques et penseurs, et ils ont appris de longue date à chevaucher la frontière des sexes, comme celles du connu et de l'inconnu, du réel et de l'imaginaire. Mais « ils ne le savent plus depuis que les théologiens, en désexuant les anges (symboles même du troisième sexe), reléguèrent dans l'ombre le triangle sexuel[1] ».

Tout en me paraissant relever surtout de la fantaisie ou de la métaphore (et bien que je ne m'intéresse guère aux anges), l'idée me séduit. J'y reconnais quelque chose de ce jeu permanent d'identifications changeantes que constitue le travail de la fiction, mettant en scène tantôt des hommes, tantôt des femmes et des enfants, des jeunes et des vieux, les faisant parler, penser, vivre... Par l'écriture, j'ai l'impression de me promener constamment sur cette frontière des sexes, et d'assurer toutes sortes de médiations.

Et n'est-ce pas la réalité de la condition humaine en général ? Selon les situations et les relations, je suis tantôt une femme (devant un homme), tantôt une personne (selon la Constitution), tantôt une jeunette (devant ma grand-mère), tantôt une dame (devant mes neveux), tantôt une Française (en Italie), tantôt un écrivain (devant mon éditeur), tantôt un flux de conscience (dans la solitude), etc. – ah, cessons de

1. Bernard Saladin d'Anglure, « Du fœtus au chamane : la construction d'un "troisième sexe" inuit », *Études/Inuit/Studies*, 10 (1-2), 1986.

nous pétrifier dans une hypothétique identité et admettons notre nature d'*êtres de circonstances*.

En ce sens, je regrette fort qu'on féminise les noms de professions ou les titres. Ce n'est pas très grave : après tout, si je déteste qu'on me dise *écrivaine*, je me suis toujours qualifiée de *romancière*. Question d'usage. Mais je vois dans cette féminisation généralisée un effet de l'emprise différentialiste sur nos esprits : il faut sans cesse rappeler l'identité sexuée qui crée une *énorrrrrme* différence entre les êtres, n'est-ce pas ? Toujours crier : « Je suis une femme, ne l'oubliez pas. » L'actuelle féminisation des noms de professions intervient précisément là où, de fait, la question du genre est suspendue : quand j'écris, quand j'enseigne, quand je défends un client dans un procès, quand je soigne un malade, etc., je suis juste un être humain, et s'il se trouve que je suis femme et africaine, cela ne change pas grand-chose à ma compétence. Je vois même un avantage féministe dans la neutralisation du sexe pour les termes désignant professions ou titres : ne me regardez pas comme une femme, dis(ai)ent le mot *professeur* et le mot *médecin*, voyez plutôt si j'enseigne bien et si je soigne efficacement. Évaluez mon travail et non pas ma personne, et ainsi avancerons-nous sur le chemin de l'égalité.

Mais las ! voici un combat perdu d'avance. Tous les noms seront féminisés, et les femmes rassurées : mais oui une femme peut écrire, mais oui une femme peut diriger un service hospitalier ou une entreprise. Qui en doute ? Les femmes bien sûr, seulement les femmes. Non, certains hommes aussi : mais de ceux-là le nombre va chaque jour diminuant… Nous avons perdu (par notre faute) sur le terrain de la langue – qui se désuniversalise –, ils ont perdu sur le terrain du concret – qui se mixte à grande allure. Alors ne soyons pas amers (amères ?).

Fantaisie : j'imagine une langue différentialo-communautariste où une personne commencerait sa phrase en disant *Je*, et à ce *Je* elle adjoindrait un certain nombre de marqueurs qui indiqueraient genre, préférence sexuelle, origine géographique, couleur de peau, origine sociale, nationalité, option religieuse… et d'autres encore, et quand il s'agirait, pour ce locuteur empêtré dans les miroitements de son identité, de passer au verbe, c'est-à-dire au *faire*, Je fais, ou Je veux, il serait la plupart du temps trop tard, l'auditeur serait envolé, l'action dépassée, l'opportunité manquée…

13

Pouvoir (et vouloir)

Parmi les légendes qui courent les esprits et qui relèvent d'un différentialisme diffus, cette croyance : que les femmes pourraient diriger *autrement* (savoir écouter, montrer de la sollicitude, aller au pouvoir sans l'aimer trop), en un mot « réenchanter » la politique. En somme, qu'elles pourraient (manifestant ainsi leur essence) changer la manière d'occuper le pouvoir[1].

Regrettable histoire, celle des femmes et de la politique. Il a fallu attendre les années récentes pour que soit clairement exposé le préjudice extravagant que les hommes de la Révolution française avaient porté aux femmes : alors que dans un vaste mouvement d'émancipation générale ils inventaient l'égalité pour

1. On avait déjà formulé ce genre de croyance, dans les années 70 et 80, en prétendant que les femmes écrivaient tout autrement que les hommes, mais il me semble qu'à présent l'idée a fait long feu (ainsi que la plupart des auteures qui l'illustraient, d'ailleurs).

tous et pour chacun, les révolutionnaires privèrent les femmes des droits politiques, les excluant de la démocratie naissante. La cause était assez importante pour que l'audacieuse Olympe de Gouges, qui réclamait pour les femmes le droit de monter à la tribune puisqu'elles avaient celui de monter à l'échafaud, fût guillotinée en novembre 1793. « Ce sexe, fulminait Olympe, autrefois méprisable et respecté, et depuis la révolution, respectable et méprisé[1] » : la Révolution promut les notions formidablement émancipatrices de « neutre » et d'« universel », mais, sous la pression d'une résistance considérable autant qu'impensée, elle repoussa les femmes hors du champ politique. « La nature de leur sexe ne leur permet pas de voter », entendait-on couramment. De plus, on superposa la notion de citoyen à celle de « ménage », qui était l'unité civique et dont le mari était le chef, représentant femme et enfants. Rien d'étonnant alors si le droit de vote fut accordé aux femmes françaises si tardivement (1944).

Il en est resté des habitudes mentales qui font que, par exemple, il a été jusqu'il y a peu plus facile pour une femme d'être nommée ministre qu'élue députée. Comme le signalait Geneviève Fraisse, le premier est juste compétent, ce qu'une femme peut être dans les tâches de gouvernement, tandis que le second non seulement écrit les lois (qui valent pour tous) mais est *représentatif* – or, selon nos préjugés, si un homme peut représenter l'humanité, une femme peut à la

1. Dans le « Postambule » de sa *Déclaration des droits de la femme et de la citoyenne*, placardée dans Paris.

rigueur représenter les autres femmes, mais non les hommes[1]. Il faut noter aussi que, selon la vieille idée que les hommes font les lois tandis que les femmes ont en charge les mœurs (bonnes, s'il vous plaît), on a, jusqu'à une époque récente, distingué les tâches en fonction d'un ordre sexué : la plupart des femmes politiques ont occupé des postes qui s'accordaient à leur « nature » – petite enfance, temps libre, famille, santé ou éducation... Pas facile pour les hommes, déjà assez nombreux entre eux à briguer le pouvoir, de se donner plus de rivaux encore !

Mais si les chiffres et les travaux des spécialistes du terrain politique nous apprennent qu'il n'est toujours pas facile aujourd'hui pour les femmes de se hisser aux postes de commandement, on constate que les mentalités ont bougé ces toutes dernières années : une femme a été présente au second tour des élections présidentielles, tandis que d'autres sont ministres des Armées ou de l'Économie.

Restent de fâcheux clichés (les femmes politiques sont souvent ramenées à des figures stéréotypées, courtisanes, femmes – trop – autoritaires ou mamans protectrices) et pas seulement chez les misogynes. Ceux qui soutiennent l'idée de parité politique sont parfois les premiers à affirmer que la pratique du

1. À moins que ceci n'indique tout simplement que les hommes politiques (qui nomment les ministres) sont plus avancés que le peuple (qui élit les députés) sur le chapitre de l'égalité. Geneviève Fraisse, *Muse de la raison. La démocratie exclusive et la différence des sexes*, Paris, Alinéa, 1989 ; et « Quand gouverner n'est pas représenter », *in* Élianne Viennot (dir.), *La Démocratie « à la française » ou les femmes indésirables*, Paris, Publications de l'Université de Paris VII, 1996.

pouvoir par les femmes est différente, et souvent les femmes politiques elles-mêmes prétendent diriger *autrement*. Les spécialistes du terrain politique, eux, n'en sont pas si sûrs : l'observation révèle, disent-ils, que les comportements des femmes doivent en fait moins à leur identité féminine qu'à leur position d'outsiders ou de profanes : « Au bout de deux ou trois ans d'expérience, à condition qu'elles n'aient pas abandonné la politique, elles se professionnalisent. Les pratiques deviennent alors à peu près semblables[1]. » L'idée de « renouveler la pratique du pouvoir » tient plutôt du fantasme, suggèrent-ils, et peut-être d'une certaine forme d'aliénation (intériorisation des diktats – voir la séquence « Ellénore ou l'aliénation ») : n'a-t-on pas l'impression que, depuis la loi sur la parité, les femmes ne se sont senties autorisées à entrer en politique qu'à la condition expresse de la faire autrement ? Il est probable que se cachent là plusieurs motivations plus ou moins avouables dont le créneau bien trouvé, d'une part, et, d'autre part, l'acceptation implicite de l'opprobre qui touche la politique depuis quelques décennies (donc si l'on consent à y participer, c'est que notre action sera très différente – pas sale, comme chez les autres). De plus, l'état de l'opinion révèle qu'en ce début de siècle on attend du personnel politique en général qu'il soit plus proche des électeurs, plus prévenant, plus compréhensif. Et voyez cette chance : c'est exactement à

1. Entretien avec Catherine Achin et Sandrine Lévêque, *Libération*, 10 avril 2007.

quoi nous porte spontanément notre nature féminine, susurre le différentialisme ambiant…

Je ne pense pas que les femmes puissent transformer la pratique du pouvoir. D'abord parce que je ne crois guère que ces qualités pour l'instant spécifiquement féminines soient si nombreuses et décisives (sauf à nous considérer comme d'éternelles mères solidaires et attentives), et ensuite parce que le monde violemment concurrentiel de la politique obéit à des règles auxquelles on est bien forcé de se plier avant d'essayer, éventuellement, de les changer *de l'intérieur* (toujours : il faut aller dans l'arène, car c'est la seule manière digne de vivre). Deuxièmement, comme j'ai toujours cru que, quand on était mécontent de sa situation, il fallait commencer par chercher le responsable dans son miroir et pas seulement à l'extérieur de soi, demandons-nous si nous avons tellement envie de ce pouvoir. Je suis toujours frappée, quand je participe aux comités de rédaction de revues, aux réunions littéraires, à d'éventuelles réunions politiques, de voir combien peu nombreuses y sont les femmes. Il existe, je ne l'ignore pas, un sentiment d'imposture spécifiquement féminin qui tient les femmes éloignées du pouvoir (de toutes sortes de pouvoirs) mais, que diable, il faut faire un effort au lieu de gémir. Les dernières statistiques nous enseignent que les filles obtiennent de meilleurs résultats tout au long de leurs études mais que seulement une petite part d'entre elles rejoint les grandes écoles et les filières élitistes : la faute à qui ? Comme on ne me fera pas croire que les enseignants feraient barrage aux filles, je suppose que la responsabilité de ces choix défavorables revient, *aussi*, un peu à elles-mêmes et à leurs parents[1]. Le désir d'agir est le plus grand moteur de l'accomplissement et je doute qu'une femme qui possède compétence et désir ne puisse tôt ou tard triompher dans les arènes masculines (*masculines* pour l'instant). Elle sait qu'elle aura à subir quelques avanies avant de s'imposer – mais patience : cette guerre ne durera pas éternellement. C'est l'intérêt des temps présents, et ce qui devrait nous rendre optimistes : à notre désir, plus rien n'est impossible. Je n'ai pas la naïveté d'oublier les contraintes et les déterminations qui sont imposées tant par l'idéologie dominante que par les conditions sociales (voir la séquence « Jeunes filles encapuchonnées »). Mais reste que, pour de nombreuses femmes (les moins défavorisées), la question se pose aussi en termes de responsabilité individuelle : nous ne sommes plus tout à fait les pauvres victimes d'un système ancestral de domination, et notre marge de manœuvre est assez grande

1. Dans deux articles sur les écarts de réussite aux concours, des sociologues rappellent que, si les filles sont infiniment moins nombreuses à entrer dans les grandes écoles (et notamment scientifiques), c'est par manque de confiance en elles. Souvent, celles qui y parviennent n'ont pas eu de frère, comme si l'absence d'un contre-modèle masculin, supposé imbattable en matière de compétition, pouvait « libérer bien des inhibitions » (Anne Chemin, entretien avec Christian Baudelot et Roger Establet, « La moindre confiance en soi des filles et la surestimation des garçons nous frappent », *Le Monde*, 8 septembre 2009). Variation sur le même sentiment d'imposture : un autre chercheur souligne le frein de la timidité face à la concurrence masculine (Philippe Jacqué, « Les filles brillent en classe, les garçons aux concours », *Le Monde*, 8 septembre 2009). La société permet l'accès des filles aux meilleures places… si elles se désinhibent.

pour que nous ayons une bonne part de responsabilité dans l'allure de notre vie.

Du reste, l'histoire française elle-même nous incite à cet optimisme : les travaux des historien(ne)s de ces dernières décennies montrent à l'évidence que les femmes n'ont pas toujours été exclues du pouvoir, loin s'en faut, et qu'elles n'ont donc aucune infirmité native – ou essentielle – dans ce domaine. Mais il apparaît qu'à partir de la fin du XVIIe siècle et après la Révolution française, les historiens ont unanimement prétendu que la participation des femmes à la vie politique nationale au long des siècles avait été anecdotique et de toute façon néfaste. Or, Éliane Viennot nous rappelle que, entre le VIe et le XVIIe siècle, de nombreuses femmes ont dirigé le pays. Dès les rois francs, en cas d'absence ou de déficience du roi, l'équipe au pouvoir n'hésitait pas à soutenir une reine, et les duchesses et abbesses étaient légion. La période qui va du XVe au milieu du XVIIe siècle fut même particulièrement faste à cet égard. Pas moins de cinq régentes dirigèrent le pays tandis que les femmes de l'aristocratie occupaient une place importante dans la gestion des affaires publiques. D'autres étaient chefs de clan dans les grandes familles et des femmes moins puissantes (sœurs, maîtresses, etc.) servaient les premières dans leurs tâches.

Hélas (pour nos affaires), à la fin du XVIe siècle, Henri IV prit le pouvoir et commença à organiser la monarchie absolue : cela signifiait mettre à genoux les grandes familles de l'aristocratie, celles-là mêmes qui avaient fourni tant de femmes puissantes. On dépoussiéra l'antique loi salique qu'on réécrivit (elle avait au départ un usage et une justification limités : des terres frontalières, qui nécessitaient une surveillance militaire, seuls les hommes pouvaient hériter), dans le but d'éliminer un prétendant (Henri de Guise qui se disait descendant direct de Charlemagne en filiation féminine). Ce bricolage de la loi successorale, sorte de « mensonge historique », se trouva légitimé par l'idée qu'on devait respecter le « génie national » (*cette loi nous venait quand même des Francs*…), et par l'établissement progressif du préjugé de l'« ordre naturel », par lequel on retira tout pouvoir politique aux femmes dont l'éviction de la sphère publique fut effective à la fin du XVIIe siècle[1].

Au XVIIIe siècle, on constate que la situation intellectuelle des femmes de la bonne société n'est encore pas si mauvaise puisqu'on leur reconnaît souvent autant d'esprit qu'aux hommes (on songe par exemple à Madame du Châtelet, à la marquise du Deffand ou à la remarquable Madame de Staël[2]). Mais la Révolution procéda à cette mise à l'écart que l'on a dite, en affirmant que la raison, valeur supérieure, était également partagée entre hommes et femmes mais qu'il existait deux façons, sexuées, d'en faire usage. Ainsi en arriva-t-on à ce siècle fâcheux, le XIXe, qui fut celui d'une formidable régression dans la représentation des

1. Voir Éliane Viennot, *La France, les Femmes et le Pouvoir. L'invention de la loi salique*, Paris, Perrin, 2006 ; et « Les femmes d'État de l'Ancien Régime », *in* Éliane Viennot (dir.), *La Démocratie « à la française »*, *op. cit.*

2. Même s'il ne faut pas extrapoler à partir du sort de femmes très privilégiées, la perception qu'on en a alors nous révèle que les représentations des femmes qui avaient cours n'étaient pas si défavorables.

femmes qu'il confina aux travaux domestiques et à l'éducation des enfants (ou à leur gestion, dans les classes supérieures) tandis qu'il réprimait leur sexualité. Si la situation *concrète* des femmes varia, là comme toujours, en fonction de leur appartenance sociale, le système de représentations, lui, les exclut toutes du pouvoir comme de la vie intellectuelle.

Ce que je veux souligner par ce survol : l'histoire nous enseigne tout d'abord qu'il n'y a aucune raison pour que les femmes n'aillent pas au pouvoir ; même si cela n'a jamais été la norme, elles l'ont quand même eu, longtemps, diversement, elles peuvent recommencer à l'exiger (et à le mériter). Mais aussi, et n'en déplaise aux plaintives, il n'est pas juste de concevoir l'histoire des femmes linéairement, comme celle d'une oppression bornée et constante, féroce dans les temps reculés mais qui irait en s'amenuisant. Que l'inégalité ait toujours existé ne signifie pas qu'elle aurait toujours emprunté les mêmes formes ni qu'elle aurait été constamment soutenue par les mêmes représentations et les mêmes discours. Les travaux historiques mettent en lumière le fait que nos conceptions actuelles sont l'héritage direct du XIXe siècle. Il faut donc démonter ces conceptions récentes, très récentes, ne serait-ce que pour comprendre que nos idées essentialistes sur la féminité en sont directement issues.

Ainsi avons-nous de multiples raisons de penser que, animées de notre ardeur et de notre désir, nous pouvons faire évoluer favorablement notre condition. Si nous le voulons. Et si les ruses de l'idéologie ne nous incitent pas à défaire aujourd'hui le travail d'émancipation que nous avions entrepris hier.

(Le dernier mot à Olympe, dont l'appel aux femmes à se « réveiller » reste parfaitement d'actualité : « Craignez-vous que nos Législateurs français, correcteurs de cette morale longtemps accrochée aux branches de la politique, mais qui n'est plus de saison, ne vous répètent : "Femmes, qu'y a-t-il de commun entre vous et nous ? – Tout", auriez-vous à répondre. » Et plus loin : « Quelles que soient les barrières que l'on vous oppose, il est en votre pouvoir de les affranchir ; vous n'avez qu'à le vouloir. »)

*(**Femmes du monde** : Dilma Roussef, 61 ans, détient le deuxième rôle politique national du Brésil. Elle est « chef de la maison civile » du président Lula da Silva, c'est-à-dire qu'elle est une sorte de Premier ministre officieux. Après une jeunesse au service du militantisme radical – lutte armée, études d'économie, clandestinité, vingt-deux jours de torture, quatre ans de prison –, elle choisit la démocratie et prend des responsabilités politico-administratives qu'elle assume avec talent. Elle sera probablement la candidate du Parti des travailleurs aux élections présidentielles de 2010*[1]*.)*

---

1. Jean-Pierre Langellier, « La dame de fer, les pieds dans l'argile », *Le Monde*, 23 avril 2009.

14

L'hypothèse la plus généreuse

Si je m'efforce de préciser mes réticences et mes objections, convoquant tantôt l'histoire et tantôt l'anthropologie, ce n'est pas tant que je souhaiterais promouvoir une doctrine contre une autre, l'universalisme contre le différentialisme, mais que ce dernier, au-delà d'une doctrine, est à présent un état d'esprit diffus qui génère des réflexes mentaux (jamais bons, les réflexes mentaux, jamais – toujours leur opposer de la pensée critique et réfléchie, faute de quoi « la bêtise s'améliore »). Or les réflexes des femmes contemporaines relèvent souvent de cette opinion vague dans laquelle je ne peux m'empêcher de voir une reviviscence de l'aliénation, quelque chose comme : d'accord, nous visons l'égalité, mais n'ayez pas peur, nous admettons bien sûr être, fondamentalement, essentiellement, naturellement, différentes. Qui sait s'il n'y a pas là-dessous, outre une forme de peur (comment supporter notre liberté ?), l'espoir de conserver certaines anciennes prérogatives (comme la porte galamment ouverte et l'addition payée), ou encore la crainte qu'une modification des rapports de pouvoir n'entraîne un affaiblissement définitif de notre séduction. Mais j'incline à penser que la revendication de la différence est la porte ouverte à l'inégalité. La *revendication*, pas le *fait*, j'y insiste : la revendication est le résultat d'un système de représentations qu'il renforce, pas le fait qui est en lui-même absolu (les femmes *sont*, sur le plan physiologique, différentes des hommes) mais « inerte », car pour prendre un sens il demande interprétation.

Le différentialisme, qui se manifeste dans les affaires de citoyenneté mais aussi dans la vie courante, est fondé sur la croyance en une « nature » différente des femmes qui serait liée à leur capacité de porter des enfants (ou, pour le dire comme le Pangloss de Voltaire : il n'y aurait point de cause – l'appareil reproductif féminin – sans effet – une tout autre façon d'être et de penser).

Lors d'un dîner j'ai assisté récemment à une intéressante conversation sur cette question, et je vais essayer de la restituer puisqu'elle permet de poser certains termes du débat (j'ai changé tous les noms, bien sûr). Tout est parti de l'irritation de mon amie Olympe (mais si) qui a lancé à son voisin de table : « Tu crois vraiment qu'il y aurait une nature féminine, irréductiblement différente de celle des hommes, et qu'en somme leur utérus monterait au cerveau des femmes ? [*Les formulations baroques, c'est exactement le style d'Olympe. J'aime beaucoup*.] Eh bien moi, tu vois, je pense souvent à l'époque où les ancêtres des humains marchaient à quatre pattes, comme tout un chacun. Pas si commode. Il est probable qu'est arrivé un temps où certains de ces quadrupèdes à courte vue ont pu ressentir le besoin de se mettre debout pour voir plus loin. Ceux qui se sont dressés, embrassant de plus vastes paysages et libérant les deux pattes avant pour d'autres usages que la simple motricité, ont prospéré. Debout, leur boîtier crânien a basculé vers l'arrière et, devenu plus vaste, il a pu accueillir un cerveau plus gros. Je propose de partir de ce constat : un humain est un être qui défie constamment les données naturelles. Il l'a montré en se redressant, et ensuite, doté de ce magnifique cerveau, il n'en a plus fait qu'à sa tête. Allez lui dire maintenant qu'il doit se plier aux lois de sa nature ! Celle-ci, par exemple, lui impose d'engendrer des enfants parce qu'il fait l'amour. Je ne sache pas, sauf parmi quelques croyants obtus, que quiconque se plaigne de l'invention de la contraception. Les humains sont ainsi : ils défont et aménagent les diktats de la nature, pour le meilleur et pour le pire parfois. Alors quand j'entends certaines femmes s'aligner sur la malheureuse pensée d'Hippocrate, *Tota mulier in utero*, je songe à mon ancêtre qui s'est levé dans la savane et je reste persuadée qu'il ne faut rien abdiquer sur le terrain de notre réinvention permanente. »

Louise a pris la parole pour dire doucement (très rusée, elle parle à voix si basse qu'on est obligé de l'écouter) : « Quand même, Olympe : les femmes portent – et voilà quelque chose d'incroyable si tu y penses vraiment – portent des enfants. Une vie incluse dans une vie. Comment cela pourrait-il n'avoir aucune conséquence sur leur esprit ?

– Loin de moi, a rétorqué mon amie, l'idée de nier la différence des sexes biologiques – évidemment. Comment, deux fois mère, pourrais-je ignorer qu'il y a dans l'événement de la mise au monde une expérience extraordinaire et même merveilleuse ? Je pense que ce qui différencie les femmes des hommes, ce sont la grossesse et l'accouchement. Les conceptions de la maternité varient considérablement selon les époques et les sociétés, mais ce double événement est un fait concret dont l'existence précède toutes les représentations qu'on en a et qu'on s'en fait – et on s'en fait aussi beaucoup –, parce qu'il arrive dans le *réel* du corps et provoque des échos psychiques qui ne ressemblent à aucun autre. Ici donc, je crois qu'on touche à une différence irréductible.

– Alors ? Tu vois bien…, a susurré Louise.

– Oui, mais la question reste : de ce fait incontestable, que peut-on conclure ? Quelles conclusions pratiques tirer ? Quelle place doit-on accorder aux femmes et quelle éducation aux filles en fonction de ce fait ? Et tu m'accorderas que si, pour réfléchir, on en appelle à son bon sens, on est mal parti dans la pensée. La seule chose qui nous intéresse, me semble-t-il, c'est la conséquence qu'on pourrait tirer de cette différence physiologique. Or en elle-même, cette différence n'indique rien de certain, c'est un fait inerte qui ne nous enseigne pas comment nous comporter. »

Ici s'est développé un échange de quelques minutes sur le bon sens, qu'il fallait s'en méfier, mais pas tant que ça, mais si, mais non, qu'on n'arrivait jamais à rien avec le bon sens et l'évidence et qu'il fallait souvent juguler, pour commencer à penser librement, l'intuition première qui pouvait n'être rien de plus qu'un stéréotype bien assimilé. J'ai eu une nouvelle pensée pour Pangloss : « Il est démontré, disait-il, que les choses ne peuvent être autrement [...]. Remarquez bien que les nez ont été faits pour porter des lunettes, aussi avons-nous des lunettes. Les jambes sont visiblement instituées pour être chaussées, et nous avons des chaussures[1]. »

Olympe a repris : « Il me semble que la seule donnée qui pourrait nous inciter à admettre une organisation sociale différente pour les deux sexes, ce serait le constat d'une dissemblance dans le cerveau. Ah ! Si l'on y découvrait des zones exclusivement féminines ou masculines, si l'on discernait des compétences distinctes dues au nombre ou à l'assemblage des neurones, à des synapses singulières, etc., ah ! si cela arrivait, nous aurions à en tenir compte. Hélas (pour les différentialistes), les neurobiologistes n'ont encore rien trouvé de tel. C'est donc ici que je dis : *En l'absence de résultats scientifiques incontestables, il faut choisir l'hypothèse la plus généreuse, celle qui laisse ouverts le plus de possibles.* Cette hypothèse, celle qui nous conduit plus sûrement à l'égalité, consiste à supposer la ressemblance. Exemple : il est possible qu'un jour on puisse vérifier que tous les enfants ne naissent pas avec le même potentiel intellectuel ; il est possible que certains cerveaux soient mieux dotés

1. Voltaire, *Candide ou l'Optimisme*, chapitre premier.

par la nature, par les gènes, que d'autres. Mais on n'a encore rien vérifié de tel scientifiquement. Résultat : l'école propose la même formation à tous les enfants, parce qu'on a fait l'hypothèse la plus généreuse, celle qui postule que ces petits cerveaux au départ quasi identiques ont pareillement besoin de nourriture, aussi riche pour les uns que pour les autres.

– Alors ce n'est rien d'enfanter ? a protesté Louise. La seule chose qui te paraît digne d'attention est le cerveau ?

– Il me semble en effet que la seule vraie question est celle de l'entendement des femmes. La seule raison de les confiner à la cuisine et à la nurserie, de les écarter du pouvoir ou de leur supposer une compétence professionnelle moindre et de les payer moins, ce serait une différence dans l'organisation neurologique, parce que là, on se trouve au niveau des faits, du réel, et non plus des représentations. Or, les dernières recherches ne livrent aucune donnée qui permettrait d'établir une différence entre les cerveaux des deux sexes. En fonction de quoi je me sens autorisée à l'invention permanente de moi-même, et c'est ce que j'apprends à mes filles. »

J'ai rapporté cette conversation parce qu'elle illustre bien nos questionnements et parce que j'aime la conclusion d'Olympe : comme elle, je tiens que la vie des femmes, comme celle des humains en général, doit être mue par deux principes : dégagement (des vieux modèles) et réinvention (de nos vies). Soit encore, liberté.

15

La merveilleuse in-différence des neurones

Pourquoi pensé-je qu'Olympe a raison d'insister tant sur le cerveau des femmes ? Parce que, au-delà des positions de principe (comme l'universalisme), si l'on veut revenir sur le terrain des faits pour y puiser quelque assurance, le seul élément digne d'attention me paraît être l'organisation neurologique. Puisqu'on nous ramène toujours au corps, eh bien voyons ce que nous révèle l'organe qui commande à tout notre corps, dans ses fonctions les plus élémentaires comme dans les plus sophistiquées. Que les femmes possèdent un utérus ne nous indique pas si elles peuvent ou non devenir président de la République (sauf à croire que le nez a été fait pour porter des lunettes, bien entendu). En revanche, si leurs synapses sont très différentes de celles des hommes, il faut en tenir compte. Parce que alors, peut-être, le commandement leur serait plus difficile, ou la rapidité dans la réflexion, ou l'endurance dans l'effort, ou la fermeté dans la prise de décision…

Or, que nous apprennent les recherches actuelles des neurobiologistes[1] ? Que rien n'est figé car peu est donné : la plupart de nos compétences sont, du fait de la plasticité du cerveau (de sa propriété à se modeler en fonction de l'expérience), acquises. De nouveaux circuits de neurones ne cessant d'être construits à mesure de l'apprentissage et de l'expérience vécue, les différences qu'on peut finir par constater dans le fonctionnement cérébral (encore faut-il toujours faire la part du fantasme et de l'idéologie...) sont surtout dues à l'environnement social et culturel, et non pas à des données de départ. Sur le millier de travaux récents (reposant sur l'imagerie cérébrale[2]) qui concernent les différences entre les sexes, seule une dizaine montrerait quelques divergences significatives – encore sont-ils à vérifier. Ce qui frappe plutôt les neurobiologistes, ce sont les infinies variations *individuelles* entre les cerveaux : le volume, la forme et le mode de fonctionnement varient tellement d'un individu à l'autre (de même sexe aussi bien) qu'il est impossible de dégager des traits qui seraient propres au féminin et au masculin.

C'est aussi à partir d'études et de tests sérieux que les neurobiologistes affirment qu'on ne peut pas prouver, concernant l'aptitude au langage ou à l'orientation dans l'espace, l'existence de compétences innées

---

1. Notamment celles de Catherine Vidal, directrice de recherche à l'Institut Pasteur, dont je tire les informations qui suivent. Voir la bibliographie.

2. L'IRM, qui permet de voir le cerveau en activité, alors que jusqu'à présent on ne pouvait l'analyser qu'inerte, après la mort du sujet.

distinctes chez les deux sexes[1]. De même, l'évolution récente des neurosciences permet d'affirmer que l'être humain échappe largement, dans tous les domaines autres que la reproduction, à l'emprise des hormones : les récepteurs nécessaires à l'action des hormones sur les neurones, nombreux dans l'hypothalamus (engagé dans les fonctions de reproduction), sont en revanche rares dans le cortex. Or, chez l'humain, c'est le cortex qui supervise tous les comportements, y compris « instinctifs ».

Concluons donc grâce à l'éloquence des chiffres : chacun naît avec cent milliards de neurones mais il n'y a que 10 % des connexions entre ces neurones (les synapses) qui soient d'emblée constituées. Les 90 % restants, c'est-à-dire les 90 % d'un million de milliards de synapses au total (ainsi qu'on l'estime aujourd'hui), vont se construire au fil de l'existence. Une image de l'infini, non ? Alors, qu'on cesse d'essayer de nous enfermer dans nos organes et qu'on nous laisse, mes rieuses nièces et moi-même, nous inventer au long des jours.

*(**Femmes du monde** : La femme la plus importante d'Afrique, à part la présidente du Liberia, Ellen*

1. De nos jours, des recherches fiables ont permis de balayer les « acquis » scientifiques peu scientifiques qui (parfois sur la base d'analyses pratiquées sur une vingtaine de cerveaux conservés dans du formol – une vingtaine !) prétendaient montrer des différences dans le sens de l'orientation, l'épaisseur du corps calleux (qui relie les deux hémisphères), la répartition des aires du langage, ou le substrat biologique de l'orientation sexuelle…

Johnson-Sirleaf, est la Nigériane Ngozi Okonjo-Iweala, 54 ans, directrice générale (numéro deux) de la Banque mondiale depuis 2007. Tant de travail et d'activité sont impossibles à résumer. Pour donner une idée : elle a dirigé et assaini le ministère des Finances du Nigeria, réputé être l'un des pays les plus corrompus du monde, elle a fait emprisonner le chef de la police nationale, fait effacer 18 milliards de dollars de dette publique, fait tomber le taux d'inflation de 23 à 11 % et multiplié le produit intérieur brut par trois[1]*…)*

1. Alain Faujas, « Une lutteuse pour l'Afrique », *Le Monde*, 29 avril 2009.

16

La distinction des sexes

Ainsi, constater des différences dans le fonctionnement cérébral des individus ne signifie pas qu'elles seraient présentes à la naissance – ni même qu'elles persisteront : la plasticité du cerveau se traduit par la mobilisation et le développement de certaines régions du cortex quand il s'agit d'assurer une fonction spécifique, mais ce mouvement est réversible si la fonction n'est plus sollicitée.

En somme, la biologie nous confirme ce qu'affirmait Simone de Beauvoir, qu'en matière de comportements on ne naît pas femme, on le devient. (Voir la séquence sur *Le Deuxième Sexe*, qui peut se lire à n'importe quel moment dont celui-ci.)

Si l'on *devient* femme, c'est que l'humain est un animal social et que la féminité est, comme la masculinité, une construction sociale. Notamment. J'écris *notamment* parce qu'il sera nécessaire, passant encore à un autre niveau, de parler de la psyché et de l'inconscient. Tout à l'heure. Je continue. Le résultat de cette construction de l'identité sexuée produite par les facteurs sociaux et culturels, c'est ce qu'on a appelé le « genre », qui se distingue du sexe biologique primitivement échu. L'identité d'une personne serait donc constituée d'un sexe (mâle ou femelle) et d'un genre (masculin ou féminin).

La notion de genre est un acquis du féminisme des années 70. À partir du moment où l'on a conçu et élaboré cette notion, on a comme chaussé de nouvelles lunettes qui ont permis de voir autre chose du réel. L'apparition d'une notion s'apparente à l'invention des jumelles à infrarouge : ce qu'on y voit était là auparavant mais on ne le percevait pas, faute du bon instrument. Avec le genre, on a pu commencer à chercher comment se construisaient les identités sexuées, on est devenu sensible au fait qu'on élevait les enfants différemment, qu'on s'attendait à (et donc qu'on programmait) des comportements différents chez les hommes et les femmes, etc.

Et puis, surtout, on a pu commencer à imaginer que, puisque le genre était construit, on pouvait le déconstruire. Si l'on devient femme, n'est-ce pas qu'on peut défaire l'ensorcellement et sauver nos filles ? C'est ici que les choses se compliquent, car on ne doit pas sous-estimer la puissance et l'enracinement en soi des données sociales, dont résulte une infinité d'intimes conséquences. Autrement dit, ce n'est pas parce qu'une donnée est *sociale* qu'elle est manipulable à loisir sur décision d'un individu ou d'un groupe d'individus ; si elle l'était, elle ne serait plus sociale mais *personnelle* – tout autre dimension. Ou encore, comme l'a souligné Norbert Elias, le social n'est pas un ensemble d'éléments factices, « plaqués » sur un substrat individuel qui serait notre vérité profonde : il est notre vérité profonde, celle sur laquelle se construit notre humanité (diversement selon les lieux). « On ne peut devenir ce que nous appelons une "personne", note la sociologue Irène Théry, qu'en étant accueilli par d'autres au sein d'un monde de significations communes préexistant[1]. » On ne peut donc balayer d'une main désinvolte ces significations communes qui nous constituent. Du reste, quand on considère que la suprématie masculine est un fait planétaire (toutes les sociétés humaines l'ont organisée, depuis la nuit des temps), on peut imaginer qu'on ne va pas l'éliminer d'un seul acte de volonté individuelle (ou générationnelle). Le social fonctionnant en système, on ne peut penser transformer l'un de ses éléments sans que beaucoup d'autres autour de lui bougent aussi. Bref, la dimension collective et systématique du social nous contraint. (On note qu'il en est ainsi pour le désir aussi bien : malgré qu'on en ait, le désir, son objet, s'impose à nous et n'est pas manipulable à souhait.)

Ce qui expliquerait peut-être mon mystérieux sentiment de féminité : parce que le social n'est pas une donnée de surface, qu'il est même si profondément constitutif de la personne qu'il en a des allures de nature, étant *socialement* une femme (construite comme telle), je ressens *intimement* ma féminité. En

1. Dans son ouvrage capital, *La Distinction de sexe. Une nouvelle approche de l'égalité*, Paris, Odile Jacob, 2007, p. 15. D'où elle conclut par l'éloquente formule : « Une personne est bien plus que quelqu'un qui dit Je », p. 17.

somme, on ne naît peut-être pas femme naturellement (on ne naît que femelle), mais on le naît socialement, et c'est aussi contraignant car si, naissant, on est d'emblée un individu unique, on est également, en même temps et d'emblée aussi, un élément qui trouve la plus grande partie de son sens et de sa forme dans la société qui le voit naître[1].

(On m'accordera que j'essaie vaillamment et sincèrement de mettre des bâtons dans les roues de ma croyance en la liberté de s'inventer. En tout cas de la nuancer.)

Suis-je en train de dire qu'on doit renoncer à imaginer que l'égalité est possible ? Bien sûr que non. Certes, certaines strates du social ne se modifient que sur la longue durée. Mais d'autres plus vite, notamment sous la pression des individus qui veulent transformer la société. À ceux qui voudraient opposer à notre espoir d'égalité des sexes la très ancienne subordination des femmes, on peut rétorquer que l'idée de l'égalité en général, qui a conduit à celle des sexes, n'est, elle, pas récente. La possibilité d'une transformation de la situation des femmes est née avant qu'elles en soient (toutes) conscientes, car il est dans la nature de certains changements de porter en eux une infinité de transformations potentielles et ce fut le cas avec la

1. C'est ce que nous rappelle aussi Nathalie Heinich, qui s'amuse par ailleurs de ce que les théories du genre, nées de la forte affirmation de Beauvoir, laissent croire que, puisque le genre est « socialement construit », il peut se défaire à loisir – comme si (idée bien paradoxale chez des penseurs qui refusent le primat de la nature), la nécessité ne pouvait relever que de la nature, tandis que le social serait contingent… « La métaphysique de la nature », *Le Bêtisier du sociologue*, Paris, Klincksieck, 2009, p. 40-41.

Révolution française. Elle a mal traité les femmes, je l'ai rappelé et j'y reviendrai, en les excluant des droits civiques. Mais ayant affirmé que non, Dieu n'avait pas voulu que le tiers état fût nécessairement pauvre et soumis à la noblesse, que la « naissance » ou le « sang » n'était pas un destin, que les hommes naissaient libres et égaux en droit et qu'avec l'éducation ils pouvaient se perfectionner, elle avait mis le ver de l'égalité dans le fruit de la société *tout entière*. Il fallut encore de l'imagination – notamment pour que soit balayée, au XXe siècle, l'hypothèque d'un déterminisme biologique et pour qu'on conçoive la notion de genre – mais la possibilité était créée d'envisager l'égalité *partout*.

Comme la transformation sociale est lente et longue, certains domaines changent plus vite que d'autres et, par exemple, il est plus facile de progresser sur le plan des rémunérations (vieux combat qui ne concerne pas que les femmes) que sur celui du maternage. Mais il n'est que de persévérer, car de la volonté des femmes, développant l'idéal d'égalité dans toutes ses conséquences, surgit peu à peu un ordre social nouveau.

Irène Théry, explorant l'usage et les limites du concept de genre, fait remarquer qu'on a eu tendance, depuis les années 70, à le « substantialiser[1] » : réinstallant à nouveaux frais l'ancienne dichotomie du corps et de l'esprit, on a prêté au premier un sexe et au second un genre (l'esprit, ici, n'étant plus l'âme,

1. « Pour une anthropologie comparative de la distinction de sexe », *in* Irène Théry et Pascale Bonnemère (dir.), *Ce que le genre fait aux personnes*, Paris, Éditions de l'EHESS, 2008.

mais le *moi* en tant que construction sociale et culturelle). L'un est inné et l'autre acquis, mais ils relèvent tous deux (dans les discours) d'un universel ontologique (l'humain même), idée qui a permis d'invoquer, sans l'interroger assez, la notion d'« identité de genre », aussi pétrifiée que celle d'identité sexuelle[1] (toujours cet impensé de l'*identité*).

Pour montrer que cette problématique de l'identité de genre nous est propre et non pas universalisable, Irène Théry renvoie aux réflexions actuelles des anthropologues mettant au jour plusieurs *formes de la relation sexuée* dans les sociétés mélanésiennes, à travers l'étude des termes utilisés dans les systèmes de parenté. Il y apparaît que le genre n'est pas une identité monolithique mais qu'il est fonction de l'interlocuteur (de la relation). Outre les relations de sexe opposé, il existe des relations de même sexe, de sexe combiné et de *sexe indifférencié* : dans ce dernier cas, « les individus sont toujours d'un sexe, mais *en l'occurrence* cela *n'importe pas* dans la définition de leur relation mutuelle », et elle en donne pour exemple les relations grand-parent/petit-enfant[2].

---

1. C'est souvent sur cette base que les personnes transgenres (qui changent de sexe) réclament à la chirurgie le droit à leur transformation morphologique : il y aurait inadéquation entre les deux identités, de sexe et de genre, la seconde étant perçue comme aussi substantielle que la première. Ou encore : « Un hermaphrodite kényan détenu dans une prison de haute sécurité a saisi la cour constitutionnelle en demandant à être libéré. Richard Mwanzia Muasya, né avec des organes masculins et féminins, estime qu'il n'a sa place ni dans un établissement pour hommes, ni dans un établissement pour femmes », *Courrier international*, 8-14 octobre 2009.

2. Irène Théry, « Pour une anthropologie comparative de la distinction de sexe », *in Ce que le genre fait aux personnes*, *op. cit.*, p. 23.

Dans notre propre société, on ne souligne pas assez que nombre de situations sociales relèvent de cette dernière catégorie : par exemple la relation de concitoyenneté dans laquelle droits et devoirs sont définis sans tenir compte du sexe. Suspension du genre…

On constate donc que, alors que la personne dans nos sociétés est considérée comme un tout clos sur lui-même, dont le sexe social est un attribut intrinsèque, chez les Mélanésiens, le genre n'est pas considéré comme une composante identitaire de la personne mais comme une *modalité des relations*. Outre que dans ces sociétés la distinction brute « homme/femme » n'existe pas dans l'absolu mais est toujours prise dans des relations d'interdépendance (mari/femme, enfant masculin/enfant féminin, initié garçon/initié fille, etc.), « la différence physique n'est pas considérée comme suffisant à produire par elle-même ce que nous appelons un homme ou une femme de l'espèce humaine : il faudra pour cela des rites et des cérémonies[1] ».

Pourquoi cette substantialité du genre chez nous ? Irène Théry répond en se penchant sur l'émergence de la notion moderne d'individu en Europe : les théoriciens du droit naturel moderne ont postulé l'existence d'une « nature humaine », composée d'êtres autarciques ne tenant que de leurs caractères internes, de leur « intériorité », tout ce qui les fait agir et être. Cette conception, qui est historique et non pas universelle, et qui présente de surcroît l'inconvénient de laisser croire que l'individu et la société seraient en

1. Irène Théry, *La Distinction de sexe*, *op. cit.*, p. 43-44.

situation d'opposition frontale, a modifié en profondeur nos représentations de l'homme et de la femme en essentialisant leur « nature ».

Malgré cela, sommes-nous toujours si sûrs de nous envisager comme étant d'un genre déterminé et constant ? La notion de *relations* n'est-elle pas plus pertinente pour rendre compte de nos identités successives, de nos identifications ? Irène Théry note qu'en ne s'intéressant qu'aux relations de sexe opposé (ce qu'ont longtemps fait les féministes), on est tenté (intellectuellement) de transformer les « hommes » et les « femmes » en « deux gros individus collectifs, puis de doter ces chimères de volontés, de sentiments, de stratégies et de libido[1] ». On réduit donc les personnes à des pions manipulés par divers déterminismes biologiques et sociaux, sans prendre en compte la liberté d'*agir de soi-même*[2]. Je retiens de ces hypothèses (résumées à grands traits) la *mobilité* du genre ainsi conçu, qui permet de repousser le point de vue substantiel et identitaire au profit d'une approche relationnelle des actions et des statuts. Mais aussi l'affirmation de la *responsabilité individuelle*. On peut agir de soi-même, et ainsi, dans une

1. Irène Théry, « Pour une anthropologie comparative de la distinction de sexe », *in Ce que le genre fait aux personnes*, *op. cit.*, p. 32.

2. Cette notion capitale, apparue depuis une quinzaine d'années dans la réflexion des sociologues sous le terme n'ayant pas encore trouvé de traduction d'*agency*, permet de déjouer la conception déterministe d'une certaine sociologie : n'étant jamais un « automate mental conditionné », « dans toutes les sociétés humaines, l'individu de l'un ou l'autre sexe agit d'abord de lui-même en référence à des représentations et des valeurs communes », Irène Théry, *La Distinction de sexe*, *op. cit.*, p. 24.

certaine mesure, modifier la donne sociale quand même.

D'ailleurs elle bouge, et plutôt vite. Mais, accompagnant des attitudes nouvelles, on constate souvent la persistance de différences dans les valeurs et les conduites. Un exemple amusant : lorsque la crise économique mondiale s'est déclarée, on a sondé des gens très riches : en quoi la crise allait-elle modifier leur mode de vie ? On a posé la question à de richissimes dirigeants d'entreprises. Les hommes ont déclaré qu'ils allaient tenter de faire des économies, et pour cela, entre autres, ils chouchouteraient moins leurs maîtresses (moins de cadeaux, etc.). Les femmes puissantes (femmes nouvelles) ont de leur côté affirmé qu'elles aussi allaient veiller à leur train de vie mais qu'elles ne changeraient rien aux gâteries dont leurs amants ont l'habitude (réflexe ancien)[1].

Certain(e)s pourraient conclure de cet exemple qu'il prouve l'existence d'un *éternel féminin* (mais à ceux-là, qui adresse encore la parole ?). Je dirai plutôt qu'il témoigne, dans le changement en marche, de la coexistence de deux types de comportements : les femmes deviennent entreprenantes à l'égal des hommes, tout en continuant d'attacher plus d'importance qu'eux à l'affectivité et aux valeurs morales. Mais c'est une situation transitoire. Quoi qu'en pensent certaines féministes actuelles, je ne crois pas à l'existence d'une nature féminine plus vertueuse. Il est possible que, du fait d'une éducation qui les incitait à la morale et à la

1. Claire Gatinois, « Sale temps pour les maîtresses et les amants des multimillionnaires », *Le Monde*, 28 novembre 2008.

sollicitude, et peut-être aussi de leur sensibilité d'opprimées qui les rendaient plus perméables à la douleur d'autrui, la majorité des femmes ait longtemps développé des attitudes de douceur et de compassion. Possible. De même qu'on peut expliquer par leur histoire le fait qu'elles soient moins criminelles mais plus souvent internées ou suicidaires, etc. Affirmer que ces différences de comportement sont *historiques*, c'est dire qu'elles trouvent leur origine dans l'archaïque subordination des femmes (comment celle-ci aurait-elle pu n'infléchir en rien les attitudes ?) mais qu'elles ne valent que *pour l'instant* (tant que dure la subordination ou ses effets). Des conditions sociales et culturelles données produisent nécessairement, mais provisoirement, des comportements distincts. Quand les conditions changent, les comportements se modifient. Le jeune XXIe siècle nous a par exemple déjà enseigné que, dès que les femmes intègrent l'armée, elles n'y manifestent pas de vertus morales supérieures. Se souvenir de ce sinistre révélateur, Lynndie England, caporale et tortionnaire à la prison irakienne d'Abou Ghraib. On peut imaginer sans peine que, l'égalité progressant, les différences de sensibilité et de morale s'évanouiront[1].

1. Et même sans égalité… Cette **femme du monde** en note car elle nous réjouira moins que d'autres, tout en révélant l'inanité des clichés : Malika el-Aroud, 49 ans, est devenue djihadiste du cyberespace. Si au départ elle a sans doute dû sa notoriété à son mariage avec l'un des deux assassins du commandant Massoud, elle a conquis sa place de combattante grâce à la virulence de ses propos contre l'Occident sur le Net (« Demandez déjà à vos mères et vos épouses de commander vos cercueils »), et à sa défense passionnée d'Al-Qaida. Les sections de lutte antiterroriste la surveillent car ils l'estiment une « possible menace » et ils soulignent par ailleurs la place croissante des femmes dans la nébuleuse

C'est pourquoi je ne parviens pas à croire que les abondantes réflexions qui se développent actuellement au sein des *gender studies* sur la « sollicitude » (le *care*, en américain), considérée comme une vertu spécifiquement féminine (liée aux fonctions maternelles), mèneront à grand-chose (si ce n'est à renforcer la vision différentialiste).

Alors, comment modifier notre conception des genres ? Je suis persuadée que le mouvement enclenché au XXe siècle est irréversible et que les genres, incorporés, valant pour un destin (une « vocation »), évolueront sous la pression qu'exerceront les femmes. Non pas la pression de la culpabilité insufflée aux hommes, ni celle de la plainte d'éternelles victimes. La pression sera celle de la liberté en actes, c'est-à-dire de l'action. Plus les femmes seront habituées à occuper tous les lieux et toutes les positions que leur désigne leur désir, plus l'égalité progressera, et plus les genres évolueront dans un sens imprévisible aujourd'hui. Mères, si vous cessiez d'expliquer à vos fillettes qu'elles sont « différentes », ou que leur existence ne sera qu'une longue guerre des sexes, pour leur faire plutôt sentir que déjà, il n'est presque plus rien d'impossible en matière de réalisation personnelle ?

---

islamiste radicale « tant au plan logistique qu'opérationnel ». Jean-Pierre Stroobants, « Djihadiste en ligne », *Le Monde*, 18 juin 2008. Sur la question de la violence des femmes, voir l'analyse impeccable d'Elisabeth Badinter qui, dans *Fausse route* (*op. cit.*, chap. 2), démontrant une nouvelle fois sa liberté d'esprit, conclut qu'il faut « renoncer à une vision angélique des femmes », p. 100.

17

Jeunes filles encapuchonnées

Ce qui est agaçant, c'est la plainte des femmes nanties. Il y aurait bien des choses à y comprendre et à y déchiffrer : la bonne excuse pour ne rien faire (« tout est contre nous »), la recherche de consolation (« voyez comme je suis malheureuse »), la jouissance d'instiller la culpabilité (« tu es si injuste avec moi »). L'objet de notre compassionnel amour, depuis quelques années, c'est l'opprimé, l'ex-colonisé, le sans-papiers, l'abusé sexuel – et la femme. Le mouvement d'émancipation et l'exigence de dignité se sont gauchis dans cette curieuse idéologie qui exalte la victime – assez antipathique.

D'autant que de vraies victimes, des femmes qui chaque jour affrontent et perdent la guerre des sexes, il en existe, et pas seulement dans les pays en développement. Là, autour de nous, dans la ceinture des banlieues, dans les quartiers ghettos, il est affreusement difficile d'être une fille et une femme. Et c'est là qu'il y a lieu de s'activer. Voyez par exemple les jeunes filles, tenues de s'encapuchonner et de porter des pantalons de survêtement ou des jeans, ou de se voiler, parce que sinon, si elles exhibaient la moindre trace de féminité, elles seraient traitées comme des putains, avec les conséquences diverses, et certaines terribles, qu'on sait. Au point que des établissements scolaires ont créé le « Printemps de la jupe et du respect », des journées de sensibilisation aux questions du machisme à l'école. Surprenant renversement : dans les années 60, c'est en s'appropriant le pantalon, jusqu'alors réservé aux hommes, et en délaissant la jupe obligatoire que les femmes affirmaient leur émancipation… Aujourd'hui, dans une sorte de formidable régression (qui rappelle ces temps pas si lointains où l'on estimait que les femmes violées l'avaient « forcément cherché »), laisser paraître si peu que ce soit qu'on est une fille conduit à être « traitée », à perdre sa réputation, voire à être prise dans des tournantes. Alors masquer ce corps répréhensible.

Je trouve très positive la création, ces dernières années, du mouvement « Ni putes ni soumises ». Se battant pour l'universalisme, ces femmes issues des cités de banlieue se battent pour la mixité, pour la laïcité et pour la république. Allez leur expliquer comme la *différence* est importante, elles qui vivent chaque jour les conséquences de cette fichue croyance et qui combattent les effets concrets de cette vision des femmes qui, prise au ras des pâquerettes de la tradition, induit entre autres mariages forcés, violences conjugales et soumission quotidienne aux mâles. J'aime qu'un de leurs derniers galas se soit intitulé « Rire au féminin contre les violences faites aux femmes ». Rire, pas larmoyer…

Pour se donner une chance de comprendre comment le genre nous conditionne, il faut tenir compte de la variété des situations sociales et penser les femmes non comme un groupe indistinct de victimes mais comme incluses dans la société. Car il n'y a pas *une condition féminine*, mais des conditions, variées et autrement contraignantes pour les femmes de milieu modeste ; et non pas *une* histoire des femmes mais plusieurs. Par exemple, lorsque je rappelais que le XIXe siècle a voué les femmes aux soins du foyer, j'émettais une vérité liée à l'idéologie : la réalité concrète offre beaucoup plus de nuances. Car, longtemps, rester au foyer aurait paru un luxe inouï pour les femmes de milieu rural (majoritaires jusqu'à la Première Guerre mondiale), qui trimaient aux champs : c'était là un privilège de l'aristocratie et de la bourgeoisie (entourées de domestiques…). Dans les années 50, l'idée d'arrêter de travailler pour éduquer les enfants, perçue comme une chance, s'est généralisée, et finalement, en 1961, alors même que le niveau d'éducation des femmes ne cessait de progresser et que l'idée de s'autonomiser par le travail gagnait du terrain, le taux d'activité féminin a atteint son plus bas niveau historique[1].

De la même façon, malgré la conquête des deux droits fondamentaux de la contraception et de l'indépendance économique, les femmes défavorisées

1. Voir Irène Théry, « Mixité et maternité », *in* Éliane Viennot (dir.), *La Démocratie « à la française » ou les Femmes indésirables*, *op. cit.*

d'aujourd'hui peuvent être tentées de « retourner à la maison ». Non qu'elles croient encore au vieux modèle familial qui prônait la complémentarité des tâches, femmes dedans et hommes dehors, mais le travail féminin est soumis plus que celui des hommes à la précarité et au temps partiel, sans compter que la conciliation entre vie familiale et vie professionnelle n'étant pas encore réglée (voir « Le père marin »), les charges liées à la maternité leur incombent toujours. Quel intérêt d'aller en plus s'épuiser dans des activités ingrates et mal rémunérées ? Où l'on voit qu'on ne peut espérer l'émancipation des femmes, de toutes les femmes, dans une société ultralibérale qui, prenant de moins en moins en charge le sort des plus faibles, leur abandonne le soin des enfants, des malades et des vieillards ; qui, ne visant que le profit maximal des entreprises, organise flexibilité et précarité dont elles sont les premières victimes ; qui, creusant les inégalités sociales, accentue les inégalités des femmes entre elles. Ce sont des choix politiques, intéressant la société tout entière, qui transformeront la situation des femmes en profondeur.

*(**Femmes du monde** : Une belle histoire récente qui illustre la capacité d'agir de soi-même et ainsi de contribuer à transformer l'ordre social. Elle met en scène une petite fille yéménite, Nojoud, que l'association « Ni putes ni soumises » a aidée – le mouvement crée des comités en Afrique et de par le monde – et a fait venir en France pour témoigner. Étonnant symbole de force et de courage, j'ai grand plaisir à la rapporter.*

Nojoud a été mariée par son père, en échange d'une petite somme, à un voisin âgé de 30 ans, alors qu'elle en avait 10. L'âge légal du mariage est 15 ans, mais la pauvreté soutenant les traditions tribales, les fillettes sont souvent mariées avant, avec pour promesse que le mari n'abusera pas de la mariée avant qu'elle soit « prête ». On devine l'efficacité d'un tel contrat sur un homme ayant voulu épouser une enfant. Nojoud a donc subi sévices et violences avant de décider d'aller au tribunal demander le divorce. Avec quelques pièces pour prendre le bus, données vraisemblablement par une tante ou la seconde épouse de son père (on imagine avec quelle jubilation), elle s'y est donc rendue. Là, un juge compatissant l'a recueillie, puis une avocate l'a défendue, avec l'aide de diverses associations féministes. Qu'on se représente l'étonnant tableau : une fillette de 10 ans réclamant contre la loi tribale ! Et gagnant.)

18

Fantaisies transformistes

Une parenthèse à propos du fait que « plus rien n'est impossible en matière de réalisation personnelle » : il y a quelques personnes que le dimorphisme sexuel embête et qui prétendent l'annuler. Tel qui se sentait femme contre l'évidence de sa morphologie s'est rendu féminin, telle qui ne se croit pas tenue à un seul sexe se bourre de testostérone et porte moustache. C'est leur affaire qui ne dérange personne. Déjà, au début du XXe siècle, quand la parole et la pensée sur la sexualité ont commencé à se libérer, la littérature scientifique nous avait informés de l'existence de ces tremblés dans le genre. Sans compter l'existence des hermaphrodites (ou intersexes : individus dotés d'une ambiguïté anatomique). Je tiens, quoi que je pense des revendications identitaires, qu'il faut respecter celles des personnes intersexuelles et transgenres (qui changent de sexe), et assurer leur entière liberté. Car je ne vois pas au nom de quoi la société (le collectif) s'érigerait en gardienne de normes sexuelles quelconques et tenterait d'intervenir sur l'intimité des individus. Je peux bien imaginer que certains frissonnent et s'offusquent devant ces flottements dans le genre ou l'orientation sexuelle : c'est leur problème, à régler sur le divan. Ce qui m'intrigue plus, c'est la publicité donnée à ces cas, et l'attention bienveillante, qui confine souvent à l'enthousiasme, qu'ils s'attirent dans les médias. Et je me demande si l'une des raisons n'en est pas paradoxalement l'idéologie différentialiste diffuse, au sens où l'insistance sur la « différence-irréductible-et-à-chaque-instant-perceptible » produirait comme un besoin d'équilibre du balancier : trop d'insistance sur la dissemblance engendrant par réaction une attitude complaisante envers tout ce qui conteste la différence, la seule qui nous soit imposée : l'anatomie. À quoi, bien sûr, il faut ajouter la pression du fantasme de toute-puissance sur les mentalités contemporaines : tout est possible, dit l'enfant-roi, je ne me bornerai pas à un seul sexe ou à mon sexe d'origine, car je n'ai d'autres limites que celles de mon désir, et si en plus j'ai l'air transgressif… le délice. N'est-ce pas cela (nos tartes à la crème idéologiques) que valorisent, à travers leur fascination pour les cas de remise en cause du donné morphologique, les médias contemporains *sympathiques* : transgression et toute-puissance ?

Et une autre parenthèse : je ne peux m'empêcher, mais peut-être ai-je tort, de trouver notre société non pas transgressive, en matière de vie amoureuse, mais régressive. Ne soyons pas dupes des discours sur le « sexe sans entraves », « c'est pas grave », etc. D'une part cette liberté proclamée ne concerne que la sexualité, et d'autre part elle ne s'exerce qu'en en minimisant l'importance (« je suis libre dans mes pratiques sexuelles parce qu'au fond ce n'est pas grand-chose, elles n'engagent en moi rien de fondamental »). Mais l'amour ? Quelle liberté pour l'amour ? Quelle réinvention des conduites amoureuses ? Dans les discours, mariage et famille sont redevenus la norme, même si la seconde est cabossée (trois foyers sur dix ne correspondent plus à la forme traditionnelle de la famille), et si le premier (qui ne dure plus guère : un divorce pour deux mariages, de nos jours) inclut la possession de sex toys et les pratiques échangistes. Parenthèse dans la parenthèse : ici j'avais d'abord écrit, nostalgique, *Comme il paraît loin, soudain, le joli temps où l'on revendiquait l'amour libre, où l'on essayait de trouver des solutions (toujours périlleuses et même douloureuses parfois, mais inventives) au fait que le désir excède l'amour, qu'il est plus inconstant, curieux et volatil, et que l'amour lui-même n'est pas toujours monolithique. Même les homosexuels, longtemps agitateurs et promoteurs d'attitudes nouvelles, ne réclament plus que le droit de faire comme tout le monde, se marier, élever des enfants, se conformer. Je ne sais ce qui nous manque le plus, du courage, de l'imagination, ou de l'allégresse.* J'avais écrit ceci et, je ne sais plus dans quelles circonstances, j'en ai parlé à ma sœur qui, hochant la tête, m'a dit : « Tu trouves vraiment que c'est si bien que ça l'amour libre ? » (Ma sœur n'est pas du tout du genre à s'en laisser conter ou à succomber au charme des idées clinquantes.) Je ne sais pas. J'ai bien observé que le vagabondage amoureux était souvent douloureux pour tout le monde, et notamment pour les femmes qui, *pour l'instant*, dissocient moins que les hommes vie affective et vie sensuelle. Mais notre époque est tellement conformiste, sur ce chapitre… Il est probable que dans ce domaine aussi l'avenir nous réserve des surprises.

*(**Femmes du monde** : Mallika Sarabhai, 55 ans, s'est présentée aux législatives à Gandhinagar [Gujarat], dans l'ouest de l'Inde. Danseuse célèbre – elle s'était produite dans le* Mahabharata *de Peter Brook dans les années 80 –, mère célibataire et militante des droits de l'homme, elle arbore au front, à la place du* bindi *– le point rouge symbole du mariage –, un harmonium, symbole de son parti politique. Elle a transformé l'académie de danse léguée par sa mère en centre socioculturel d'où les danseurs essaiment pour tenter de sensibiliser la population aux problèmes de corruption et d'égalité des sexes*[1]*.)*

1. Julien Bouissou, « La politique indienne, autrement », *Le Monde*, 16 mai 2009.

19

Différence des sexes : une vue de l'esprit ?
(Oui et non)

Depuis le début, j'oppose donc deux façons de penser l'égalité, l'une fondée sur l'universalisme, et l'autre promouvant la différence. Mais l'époque propose une troisième voie, qui ouvre devant nous un avenir de totale liberté et la perspective de nous réinventer de fond en comble. En la nommant *gender studies* (car elle nous vient d'Amérique où elle est très florissante), je rassemble sous un seul terme ce qui apparaît dans les faits comme une nébuleuse de positions. Mais on peut désigner ainsi la tendance des études féministes qui vise à bousculer les lignes de partage binaires entre les sexes et les orientations sexuelles, pour introduire une pensée politique qui installe « de nouvelles formes d'organisation sociale selon des modèles homosexuels ou transsexuels » (ce sont eux qui le disent). Dans sa version la plus radicale, qui a pris forme dans les années 90 à partir des travaux de Judith Butler notamment, ce courant de pensée se proclame *queer* (bizarre, tordu), terme dépréciateur qu'il s'est approprié.

Pour ceux, dont je fais partie, qui considèrent la réinvention permanente de soi comme effet du désir de vivre et de la liberté, les *gender studies* présentent des aspects très séduisants. Elles soutiennent bien sûr que le genre (construction sociale) prime le sexe (biologique) et que la réalité n'est pas univoque : en effet, il n'est que de considérer l'homosexualité pour que se brouille d'emblée la stricte assimilation de l'un à l'autre, la superposition du genre au sexe. On constate d'ailleurs que la question de l'orientation sexuelle (notion qui s'ajoute à celles de sexe biologique et de genre, tout en en étant indépendante) aide à penser le genre et à déconstruire les évidences, et qu'elle apporte une nouvelle perspective à la réflexion.

Les *gender studies* ont également le mérite de rappeler que la masculinité, pas plus que la féminité, n'est « naturelle » : elle aussi est l'objet d'une construction, on *devient* homme tout autant que femme[1]. Il faut donc déconstruire les genres, disent ces féministes, et renoncer aussi bien au dualisme des sexes qu'à l'opposition homo/hétérosexualité. C'est ici que le volontarisme militant trouve peut-être ses limites intellectuelles. Pour appuyer leur contestation

---

1. Mais déjà Simone de Beauvoir le disait, corrigeant en 1975, dans un entretien télévisé avec Jean-Louis Servan-Schreiber (« Pourquoi je suis féministe »), l'illusion qui pouvait résulter de sa célèbre formule, que les hommes seraient, eux, l'universel. Il faut bien admettre cependant que l'illusion a duré car ce n'est que depuis le début des années 2000 qu'on trouve enfin des réflexions théoriques sur la masculinité. Récemment, voir par exemple Anne-Marie Sohn, *« Sois un homme ! » La construction de la masculinité au XIXe siècle*, Paris, Seuil, 2009.

du dualisme sexuel qu'ils considèrent comme un instrument de pouvoir et une source d'inégalité, les penseurs des *gender studies* s'appuient notamment sur le *continuum* qui existerait entre les corps féminin et masculin[1] : on trouve en effet quelques cas d'indécision morphologique (mais on a encore beaucoup de mal à chiffrer les intersexes faute d'études suffisantes[2]). Ces cas légitiment-ils la notion de *continuum* ? Il me semble que c'est solliciter abusivement les faits pour les faire parler en faveur de sa théorie... L'existence des bossus annule-t-elle le fait général que les humains possèdent une colonne vertébrale à peu près verticale et rend-elle caduque toute réflexion sur la bipédie ? Anthropologues et ethnologues

1. Comme le fait par exemple Judith Butler (une grande partie de ses ouvrages est maintenant traduite en français). À ce continuum supposé des corps répond, de façon énigmatique mais plus intéressante, celui des orientations sexuelles selon Jacques Derrida qui invite à aller « au-delà de l'opposition binaire de l'homosexualité et de l'hétérosexualité » (Jacques Derrida et Élisabeth Roudinesco, *De quoi demain... Dialogue*, Paris, Fayard, 2001).

2. Terrain bousculé par les fantasmes... La difficulté de trouver des chiffres sûrs est saisissante. Le même article (sympathique au demeurant) nous dit qu'environ 2 % des nourrissons montrent une intersexualité, et, dix lignes plus loin, que les cas d'ambiguïté génitale constatés à la naissance sont de l'ordre de (je cite) « 1/1000 à 1/5000 », soit... 0,02 %. (Joëlle Wiels, « La différence des sexes : une chimère résistante », *in* Catherine Vidal (dir.), *Féminin Masculin. Mythes et idéologies*, Paris, Belin, 2006, p. 74-75). Sans doute, à travers le temps, la question a-t-elle paru si sulfureuse que les scientifiques se sont montrés peu pressés de l'étudier, et par ailleurs, du côté des promoteurs et autres *queers*, l'enjeu idéologique brouille les statistiques. Voir les articles de la théoricienne et militante Anne Fausto-Sterling, sachant qu'elle est partie prenante. Aux dernières nouvelles, il semble que les cas de malformations ou ambiguïtés génitales soient de l'ordre de 1/5000, soit, pour la France, 200 nouveau-nés par an sur 800 000 (Catherine Vincent, « Ni lui, ni elle... Alors qui ? », *Le Monde*, 9-10 août 2009).

affirment que dans l'ensemble des sociétés connues on distingue deux sexes, dualité à partir de laquelle toutes organisent non seulement, hélas, la suprématie masculine, mais encore des groupes de filiation, des systèmes de parenté et des rôles sociaux. L'anthropologue Françoise Héritier pense même que tous les systèmes de pensée reposent sur un fondement dualiste (chaud/froid, haut/bas, etc.), lié sans doute à la constatation de cette bipolarité sexuelle première[1]. Il me semble spécieux de contester l'existence d'un dualisme sexuel au motif qu'il existe quelques formes intermédiaires. Je trouve important qu'on défende les droits de ceux dont la morphologie n'obéit pas à la formule la plus habituelle, et de ceux dont les orientations sexuelles ne correspondent pas à celles de la majorité, mais est-il juste de construire sa description en fonction des marges ? Que l'écart nous serve à reconsidérer la norme, oui. Qu'il soit donné en modèle – coquetterie transgressive. De même, s'il est hors de question d'imposer des orientations sexuelles normées, poser l'hétérosexualité comme une pratique diabolique et tyrannique qui conforterait les rapports de domination… hum ! Drôle de période que la nôtre où l'on a l'impression que les deux seules attitudes en matière de comportement amoureux (et de pensée) sont soit le maintien dans

1. Françoise Héritier, *Masculin/Féminin. La pensée de la différence*, Paris, Odile Jacob, 1996. Constat qui ne va pas sans inquiétude d'ailleurs : elle pense que ce donné physiologique premier, si prégnant, est cause qu'on ne sortira jamais tout à fait d'un système inégalitaire (p. 29). Pessimisme qu'elle adoucit toutefois dans le deuxième tome, *Dissoudre la hiérarchie*, Paris, Odile Jacob, 2002.

une norme rétrograde, soit la transgression tous azimuts : deux manifestations de conformisme…

À l'époque où ont émergé les *gender studies*, Thomas Laqueur a publié aux États-Unis un livre important, *La Fabrique du sexe*[1], qui a pu donner prise à une lecture caricaturale de la part des *queers* y trouvant la démonstration qu'il n'y avait aucune réalité tangible à la différence des sexes. Tandis que la pensée féministe la plus novatrice mettait l'accent sur la notion de genre comme construction sociale de l'identité sexuée, Laqueur, plaçant la réflexion sur la conception du corps anatomique, montrait d'une part qu'elle aussi est une construction, que les discours de la biologie (qui constituent son objet d'étude) sont entièrement traversés de représentations ; et d'autre part que, dans la pensée occidentale jusqu'au XVIIIe siècle, les différenciations de genre ont *précédé* les différenciations de sexe.

La médecine ancienne depuis l'Antiquité a représenté la différence des sexes selon un modèle que Laqueur appelle « unisexe » : les organes génitaux de l'homme et de la femme sont considérés, par exemple par Galien (IIe siècle), comme identiques, mais ceux de la femme étant demeurés internes, ils sont inversés. Les testicules sont analogues aux ovaires, le pénis au vagin et le scrotum à l'utérus. Les fluides qui circulent dans les corps seraient identiques et obéiraient à des conversions internes (par exemple le sang menstruel devenant du lait)… Pour autant, l'inéga-

1. Thomas Laqueur, *La Fabrique du sexe. Essai sur le corps et le genre en Occident* [1990], Paris, Gallimard, 1992.

lité règne dans ce système aussi, puisque le corps féminin est considéré comme moins parfait que le masculin, dans la mesure où il n'est pas *exprimé jusqu'au bout*.

Laqueur donne de nombreuses références tirées du vaste corpus de la littérature médicale qui montrent que, jusqu'à la fin du XVIIe siècle, c'est ce modèle unisexe qui domine (mais il n'est pas le seul), puis qu'il commence à être sérieusement remis en cause à la fin du XVIIIe siècle, jusqu'à ce que s'impose l'idée du XIXe que la femme est, en tout et pour tout, radicalement différente de l'homme, changement qui, on l'a vu, accompagne de vastes bouleversements politiques[1].

Deux remarques qui concernent directement mon propos : les représentations sont, presque toujours, plus puissantes que l'observation des faits. Laqueur note que les grandes découvertes anatomiques du XVIe siècle, qui auraient dû mettre à mal le modèle unisexe (découverte/description du clitoris en 1559-1560 ; découverte des trompes de Fallope en 1561

1. Yvonne Knibiehler a montré comment le député Amar (qui parlait au nom des législateurs qui ont écarté les femmes de la représentation politique en 1793) puis les rédacteurs du code civil (qui consacre l'infériorité juridique des femmes) s'étaient appuyés sur une série de textes médicaux (« Les médecins et la "nature féminine" au temps du code civil », *Annales ESC*, 4, 1976). Signalé par Sylvie Steinberg (« Sexe et genre au XVIIIe siècle. Quelques remarques sur l'hypothèse d'une "fabrique du sexe" », *in* Irène Théry et Pascale Bonnemère (dir.), *Ce que le genre fait aux personnes*, *op. cit.*), qui discute Laqueur et note que, même si l'on accepte son idée d'un modèle unisexe prévalant à peu près jusqu'au XVIIIe siècle, reste la difficulté de circonscrire parfaitement son existence dans le temps : il y a eu souvent coexistence des deux modèles, jusqu'au XXe siècle.

– sans équivalents dans le corps masculin), ne l'entament en fait pas. Par ailleurs, ce qui est véritablement troublant dans cette étude, c'est qu'elle inverse notre certitude spontanée que le sexe est toujours le substrat *à partir duquel* s'établissent une expérience, des comportements et des représentations (comme le pense Françoise Héritier). Laqueur montre que « la biologie n'enregistre jamais qu'une vérité supérieure » (p. 44), vérité idéologique qui la précède[1].

Que la science ancienne ait cru en une unicité du corps ne dit pas, comme les *queers* le pensent, qu'elle avait raison. Et si les considérations de Laqueur nous permettent de relativiser l'objectivité de la science, elles indiquent aussi que, quelle que soit la vision du corps qui domine, il n'existe pas de modèle où la polarisation des sexes soit inexistante. Même la transgression de la frontière (des sexes, des genres, des orientations sexuelles) s'accomplit toujours entre les deux pôles sexués que sont les hommes et les femmes, dans toutes les sociétés humaines – et cela ne me paraît pas scandaleux pour la pensée ni pour notre espoir de changement.

Mais si la confusion actuelle dans l'analyse des sexes provenait de cette expression, utilisée couramment sans être discutée[2] et sur laquelle bute la

1. Il faut certes tenir compte du fait que la biologie de ces époques, de l'Antiquité jusqu'au XVIIIe siècle, n'est pas la nôtre et qu'elle mobilise des modèles d'explication très différents (humeurs, tempéraments, chaleur, etc.) qui relèvent d'une conception large incluant la cosmologie et la théologie.

2. Si ce n'est par Irène Théry qui la met au centre de son livre *La Distinction de sexe*, *op. cit.*

réflexion, la *différence des sexes* (que certaines féministes écrivent ironiquement en un mot, « différencedessexes », pour signaler dans l'idée sa nature de cliché[1]) ? Car enfin, que désigne-t-on par cette expression fourre-tout ? Raisonnons un peu.

Si l'on veut parler de la différence anatomique des sexes, c'est une évidence. Et je ne trouve pas raisonnable d'invoquer un *continuum* des corps pour promouvoir l'émancipation des conduites et la contestation de la suprématie masculine. De même, il ne me paraît pas nécessaire de prétendre que les termes « homme » et « femme » ne désignent que des baudruches éloignées d'une quelconque réalité référentielle : une psychanalyste contemporaine regrette amèrement que « les mots "homme" et "femme" sont si profondément ancrés dans le langage qu'il est difficile de s'en défaire[2] ». Le fascisme serait dans la langue, en quelque sorte... Homme, femme : n'identifions-nous vraiment ces objets que dans la mesure, illusoire, où il existe des mots qui en *présupposent* l'existence ? Qu'on induise, à partir de ces termes et donc de ces concepts, des normes de comportements ou d'orientation sexuelle doit certes être dénoncé comme une pure et dommageable vue de l'esprit. Mais ces vocables gardent pourtant leur capacité à désigner un aspect de la réalité : qu'il faille ce qu'on nomme un homme et une femme pour faire un

1. Voir Sabine Prokhoris, *Le Sexe prescrit. La différence sexuelle en question*, Paris, Flammarion, « Champs », 2002, p. 203.
2. Sabine Prokhoris, « Le déclin de l'ordre sexuel », *Philosophie Magazine*, juillet-août 2007, p. 48.

enfant, par exemple, n'est quand même pas un simple effet de langue.

Au demeurant, on notera que ces formes de pensée qui se voudraient résolument révolutionnaires (il s'agit de rien moins que changer notre vieille conception de la bipartition sexuelle des espèces animales) sont bêtement fondées sur la primauté du biologique : c'est en arguant de l'existence, *dans la nature*, de cas d'ambiguïté morphologique et physiologique, que les *gender studies* proposent de modifier nos conceptions. Mais les sociétés humaines ne résultent-elles pas plutôt de formes d'*organisation sociale complexe*, élaborées à partir (seulement à partir) de quelques faits élémentaires naturels ? (Voir la séquence « Enfanter ».)

Voilà pour la différence anatomique. Celle-ci acceptée, reste un considérable problème de sens. Quand je marivaude avec un bel homme dans un café, est-ce la *différence des sexes* qui sous-tend notre échange ? Bien sûr que non, vous me prenez pour qui ? C'est la *distinction des sexes*, c'est-à-dire cet ensemble de représentations qui structurent notre perception et notre pensée, et qui contribue à ce que je le regarde comme désirable et comme un *autre*. Il me paraît capital, si nous voulons continuer de progresser dans nos analyses et marcher vers l'égalité, de nous défaire de cette expression trompeuse de *différence des sexes* qui, désignant une qualité de l'objet (le sexe), en affirme la différence intrinsèque, éternelle et inamovible. Il vaut mieux la remplacer par celle de *distinction des sexes*, expression ayant trait au *regard* que nous portons sur l'objet, qui nous permet de procéder à l'opération mentale de distinguer. Bien sûr qu'il existe des différences : quel aveugle pourrait le nier ? Mais c'est une petite partie de la question, dont nous ne pouvons tirer quasiment aucune conséquence pratique. En revanche, admettre que c'est notre regard (nos représentations) qui pose la différence (qui *distingue*) relativise nos conceptions et invite à les mettre en question.

Je ne sais si le constat de la différence des sexes est vraiment au fondement de toute pensée, comme l'affirme Françoise Héritier. De même que je ne sais si la psychanalyse a raison lorsqu'elle met elle aussi la découverte de la différence des sexes au fondement de la construction de l'identité individuelle (petite fille et petit garçon découvrant que l'un a ce que l'autre n'a pas). Ce sont des hypothèses qui accordent la prééminence au corps biologique, à partir duquel s'élaboreraient toutes sortes de conséquences sur les plans imaginaire et symbolique. Alors parlons plutôt de ce système de représentations à travers lequel nous nous percevons nous-mêmes et percevons les autres, système évolutif, modifiable, parlons de *distinction* des sexes, et nous pourrons mieux chasser ces idées qui n'ont conduit pour l'instant qu'à la prééminence sociale d'un sexe sur l'autre.

20

L'appareil psychique comme seconde nature

Dans ma tentative de mettre à l'épreuve de la pensée mes représentations et mes croyances à propos des sexes, de les opposer à d'autres au nom de la valeur supérieure qu'est pour moi la liberté, j'ai constamment gardé présent à l'esprit le fait mystérieux que je me sente femme et que ceci déborde mes (dé)constructions mentales à visée émancipatrice. La société m'a faite femme et si je peux librement combattre la plupart des injustices sociales qui accompagnent cet état, en revanche le désir et l'amour me contraignent : ils m'obligent à penser le rapport des sexes en tenant compte de ces mouvements intimes sur lesquels je n'ai guère de prise. Car rien d'aussi peu libre que mon désir à l'égard de son objet : je peux bien *penser* ce que je veux, celui qui suscite mon désir m'est imposé, de même que les formes de ce désir, du plus profond de moi-même. Il faut donc que j'envisage, comme je l'ai fait pour la construction sociale de l'identité, ces territoires cachés, non immédiatement accessibles, où pourrait se jouer la différenciation sexuelle, et notamment la structuration même de la psyché.

Quoique profane, je suis très intéressée par la psychanalyse, d'une part, parce que je n'ai encore jamais trouvé hypothèse théorique plus convaincante sur le fonctionnement de la vie psychique, et, d'autre part, parce que j'apprécie que la cure psychanalytique repose sur un principe de liberté : l'analysant y trouvera ce qu'il a apporté, et dans cette sorte de dialogue avec l'analyste, c'est lui-même qu'il se donne la possibilité de réinventer ; creusant, dépliant, dénouant les fils enchevêtrés de sa psyché, il crée de nouvelles combinaisons qui déjouent tout « destin ».

Cependant, la psychanalyse n'est pas une science exacte mais « humaine », dont de nombreux aspects sont susceptibles d'être remis en question par des hypothèses ultérieures. Ici, pas moins qu'ailleurs, la pensée se trouve sur un terrain mouvant. Malgré mon peu de compétence dans ce domaine, je voudrais quand même souligner quelques points qui, chez certains psychanalystes, me rappellent des choses déjà (trop) entendues.

La lecture d'une conférence de Freud intitulée « La féminité[1] » montre que même un esprit aussi libre et audacieux que le sien n'échappe pas à l'emprise des stéréotypes. Il existe donc deux sexes, dit-il, et si « la proportion de masculinité et de féminité est, chez chaque individu, éminemment variable », « sauf en

1. Sigmund Freud, *Nouvelles conférences sur la psychanalyse*, Paris, Gallimard, 1936. Il est un peu réducteur de ne proposer de lecture attentive que de ce texte, mais après tout, son titre le désigne.

quelques cas extrêmement rares, il n'y a chez un être qu'une seule sorte de produits sexuels : ovule ou sperme » (p. 156). Le bon sens même, d'autant qu'il ajoute, quand il invoque, par analogie avec le comportement sexuel, la *passivité* des femmes : « gardons-nous cependant de sous-estimer l'influence de l'organisation sociale » (p. 158). Il analyse ensuite les deux difficultés spécifiques liées à la féminité et que ne rencontrent pas les garçons : d'une part la petite fille doit passer de la zone érogène du clitoris à celle du vagin, et d'autre part elle change d'objet d'amour lorsque, délaissant la mère, amour premier pour les deux sexes, la phase œdipienne la pousse à aimer le père. Alors que le petit garçon, désirant la mère, est découragé de vouloir écarter le père par peur de la castration (permettant ainsi qu'« un surmoi rigoureux lui succède »), rien ne pousse la petite fille à sortir de l'Œdipe, et elle conserve longtemps le « désir du pénis ». C'est pourquoi, hélas, son surmoi « dont la formation est, dans ces conditions, compromise, ne peut parvenir ni à la puissance ni à l'indépendance qui lui sont, au point de vue culturel, nécessaires » (p. 177). Et dans un bouquet final, Freud ajoute que la « pudeur féminine » est liée à l'envie du pénis, que les femmes ont moins de force pour sublimer les instincts, que leur sens de la justice est moins développé parce que l'envie les domine, et que, dès trente ans, elles se montrent incapables de se transformer car leur pénible évolution vers la féminité a épuisé toutes leurs forces (p. 184-185)…

Il ne s'agit surtout pas de jeter le bébé psychanalytique avec le bain des stéréotypes d'époque. Je tiens qu'il y a bien plus à comprendre grâce à cette théorie, et plus à soigner, grâce à la cure, que de clichés à balayer. Du reste, Freud se montre constamment d'une grande prudence sur le chapitre de la distinction des sexes et il avoue que sa science n'est pas certaine. Je ne crois pas non plus que ces préjugés témoigneraient d'un quelconque machisme de Freud : il a peut-être vraiment entendu cela. Et donc je me demande : ces analyses, élaborées à partir de son expérience sincère de clinicien à l'écoute des patientes, ne révèlent-elles pas plutôt que la psyché est elle aussi prise dans l'histoire, et qu'ainsi nombre de comportements et d'attitudes intimes doivent plus au social qu'au psychique ? Qu'en somme l'inconscient est plus labile qu'on (qu'il) ne l'imagine ?

La force de la théorie psychanalytique réside dans le fait qu'elle prend appui sur le *réel* des corps et des sensations : c'est cette expérience concrète (avoir un pénis ou pas et les inquiétudes qui en résultent, la succion du sein, les sensations érotiques, etc.) qui conditionnerait la constitution de la psyché. Je le crois volontiers parce que je crois profondément à l'unité du corps-esprit. La question est : jusqu'à quel point faut-il admettre que l'inconscient freudien, universel et atemporel, fonctionne comme un déterminisme supérieur, ou encore comme ce que j'aurais envie d'appeler une *seconde nature* ?

Car j'ai parfois l'impression que l'inconscient – dont on comprend bien que par définition personne ne peut prétendre le modifier sur décision de sa volonté – joue le rôle qu'avait la nature dans les arguments du XIXe siècle. Relayant les croyances qui fondaient la différence sur l'« évidence » de la physiologie, bien des psychanalystes affirment que l'inconscient, structuré par de grands invariants, impose sa loi d'airain. Sur quoi fondent-ils leur conviction ? Sur leur expérience du divan : ils se font l'écho de la théorie (qui peut toujours être contestée), mais aussi de ce que leur livrent les analysants. La belle affaire, cependant, se dit-on : et si les analysants, leur inconscient, n'étaient que ce que notre société (voire notre civilisation) et leur histoire personnelle les ont faits ? Après tout, là encore, on pourrait imaginer que ces faits (les propos et vécus des analysants) ne sont vrais eux aussi que *pour l'instant* et que l'inconscient est aussi plastique que le cerveau…

Ces interrogations (modestes : je n'ai pas de réponses et aucune assurance) sont bien entendu avivées par l'impression, que me donnent certains propos de psychanalystes contemporains, d'entendre un refrain connu sous les paroles savantes : « la femme veut le pénis et les deux sexes veulent le phallus[1] »,

1. S'il n'est pas exact de prêter à Freud l'idée que l'énergie sexuelle, la libido, serait d'essence masculine (encore qu'il a écrit qu'on ne pouvait pas la dire d'essence féminine, « La féminité », p. 180), il n'en reste pas moins qu'on trouve des notations curieuses comme celle-ci, qu'il avance dans sa réflexion sur les différents stades de la sexualité : puisque le clitoris permet comme le pénis un autoérotisme, « son excitabilité confère à l'activité sexuelle de la petite fille un caractère masculin » (« Les théories sexuelles infantiles » [1908], *in La Vie sexuelle*, Paris, PUF, 2002, p. 20). C'est sans doute par ce genre de remarques surprenantes qu'on voit à quel point sa pensée est constituée sur le socle du masculin, à partir duquel il pense tout le sexuel (comme il le reconnaît lui-même). Mais son esprit critique et libre l'incite aussi constamment à remettre en question les vieilles évidences, notamment parce qu'il croit en une bisexualité foncière.

« [chez la fille] pas de castration ou de meurtre à l'horizon comme pour le garçon lorsqu'il désire sa mère. Cette différence, que je crois cruciale, ne favorise pas le passage à l'ordre symbolique. Elle favorise, au contraire, de par la relation duelle, tout ce qui a trait à l'imaginaire, et cela engendre un mode de pensée spécifique, différent de celui des hommes », « la langue maternelle, c'est la langue du père de la mère[1] ».

Ce que je viens de faire (extraire des citations et les donner comme valant pour toute une pensée) n'est pas très recommandable intellectuellement. Mais je voulais faire entendre comme cette musique-là sonne étonnamment familier. Cette essentialisation du féminin ne ressemble-t-elle pas à la nouvelle justification d'une vieille injustice[2] ?

Dans son intéressant essai, *La Confusion des sexes*[3] (2007), le psychanalyste Michel Schneider écrit, après Lacan, qu'il existe trois corps : le réel (fait anatomique et biologique) ; l'imaginaire (le corps réel est pris dans des représentations imaginaires) ; et le

---

1. Citations extraites d'un entretien avec Danielle Margueritat, dans le numéro de la revue *Penser/rêver* intitulé *Que veut une femme ?*, automne 2007, Éditions de l'Olivier.

2. Cette forme d'orthodoxie explique peut-être que certains psychanalystes ont encore du mal à ne pas considérer l'homosexualité comme une perversion.

3. Cet essai a le grand mérite de placer explicitement le désir au centre de la réflexion. Encore une fois, je crois qu'en effet on ne peut rien dire qui se tienne si l'on omet cette dimension fondamentale de nos vies, car c'est elle qui permet de rester en prise avec la réalité de nos existences et de ne pas s'égarer dans des constructions hypothétiquement belles, mais qui échouent à dire comment nous vivons et sentons – pour l'instant.

symbolique. C'est celui-ci qui réclamerait contre la confusion des sexes : l'ordre symbolique est fait de langage et de lois qui nous assignent une place dans la famille, dans l'ordre des générations et dans la vie sociale. Il serait mis à mal par l'actuelle prise de pouvoir des mères renversant cet ordre assuré et transmis par le Père.

Dénier, affirme Schneider, l'opposition structurante homme/femme (ce qui relève selon la psychanalyse d'un fonctionnement pervers) revient à créer une société où ne règne plus de Loi, et où se perd la possibilité du désir. Il s'inquiète donc par exemple des projets de reconnaissance de l'homoparentalité dans laquelle l'un des deux sexes symboliques disparaît. La question est : est-ce que ce statut symbolique du père ne peut être assumé par une femme ? Sauf à considérer que le corps symbolique est lié au corps réel comme le sont le recto et le verso d'une feuille, pourquoi ne le pourrait-il pas ? Jusqu'à preuve du contraire, je peux assez bien imaginer que la Loi soit incarnée par une femme. La psychanalyse avance qu'une des fonctions du père est de venir interrompre la relation fusionnelle de l'enfant avec sa génitrice. Pour accéder à la conscience de soi et de la Loi, l'enfant doit comprendre que sa mère est une *autre*, prise qu'elle est dans et par le désir du père qui la lui enlève, et que lui-même devra désirer hors de sa famille. S'il faut que le désir d'un autre vienne séparer la mère de son enfant, cet autre ne pourrait-il être une femme ? Bien sûr, pour envisager cela, il faut cesser de rabattre le féminin sur le maternel en considérant que deux femmes équivalent nécessairement à deux mères, et c'est ici que le féminisme contemporain obsédé par la posture maternelle ne nous aide guère[1]...

On peut aussi se demander s'il ne faudrait pas interroger le fait qu'on réfléchit toujours, et la psychanalyse notamment, à partir du modèle de la *famille* (couple mixte prenant en charge le soin des enfants). Mais ce modèle d'organisation est-il vraiment gravé dans le marbre de la nature et de la psyché ? Ou n'est-il qu'une possibilité sociale parmi d'autres, susceptible de multiples recompositions ? L'avenir pourrait nous surprendre[2].

Comme dans d'autres domaines que la psychanalyse, on constate que le *fait* (l'« évidence » corporelle) oblige la pensée... au risque de l'égarer[3]. Il me semble reconnaître là un vieux piège. Non que je ne sois persuadée de l'existence d'un lien puissant entre le corps et la psyché ; mais les représentations que

---

1. Et les couples d'hommes ? La question est sans doute un peu différente dans la mesure où il n'y a pas de symétrie biologique entre les deux sexes : l'enfant ne peut pas naître du ventre de l'homme. Grâce à la science ou à des méthodes « artisanales », la femme homosexuelle peut porter un enfant, elle n'a besoin pour cela que de sperme ; tandis que l'homme a besoin de la coopération d'une femme, et il ne peut s'approprier que la troisième séquence de la fonction parentale (après la fécondation et la gestation) : les tâches éducatives. Du fait que cette étape, la gestation, n'existe pas au masculin, la problématique du lien fusionnel avec la « mère » ne s'y pose pas de la même façon. On ne saurait donc penser ces deux situations d'homoparentalité comme si elles étaient tout à fait équivalentes. Cependant, dès que l'enfant commence à grandir, il a besoin de soins qu'un homme peut fort bien assurer.

2. C'est le sens du stimulant chapitre « Familles désordonnées », *in* Élisabeth Roudinesco et Jacques Derrida, *De quoi demain...*, *op. cit.*

3. Cela étant, il semble que, même s'il aurait aimé trouver un fondement biologique à l'organisation psychique, Freud a toujours considéré cette hypothèse comme problématique.

chaque époque se donne de ce lien sont constamment à réinterroger.

Que dire alors de cette « seconde nature » que nous propose la psychanalyse ? Comme je ne pense pas (héritage de cette même psychanalyse) que la pensée rationnelle soit le seul mode de fonctionnement de notre esprit, je crois qu'il faut considérer avec prudence – ne pas la balayer par le seul geste de la pensée – cette question d'une différence des sexes enracinée dans l'inconscient, *pour l'instant*. Mais demain ? Qui nous dit que la psyché est inamovible ? Quand on songe combien les maladies mentales sont susceptibles d'évolutions (de fait et dans leurs représentations), combien les représentations de la vie psychique elle-même évoluent, qui nous dit que la différence des sexes se maintiendra telle quelle ? Et surtout, qui pourra décréter, dès aujourd'hui et si tant est que cette différence soit un fait dans le psychisme, quelles conclusions concrètes il faut en tirer ? (Ma vieille question…)

21

Enfanter

Le fait, troublant et désolant, de l'universelle suprématie masculine pourrait être une fameuse butée pour la pensée émancipatrice. Tout le temps et partout sur la planète, les diverses sociétés l'ont organisée, aucun matriarcat (système politique où l'ensemble des pouvoirs est détenu par les femmes) n'ayant jamais existé que l'on sache[1]. Cependant, doté de son magnifique cerveau, l'humain s'est constamment montré perfectible, et le fait qu'il est en train d'inventer un rapport plus juste entre les sexes n'est qu'une conséquence logique de cette perfectibilité naturelle.

Mais pourquoi diable ce fait de la différence

---

1. Voir Françoise Héritier, *Masculin/Féminin*, chap. IX : « Le sang du guerrier et le sang des femmes ». Il existe bien des sociétés matrilinéaires, où les groupes de filiation sont définis par les femmes, mais ce sont alors les frères des mères qui y transmettent le pouvoir à leurs neveux. (Les citations qui suivent sont tirées de cet ouvrage sauf quand je précise « II », ce qui correspond au deuxième volume, *Masculin/Féminin. Dissoudre la différence*, *op. cit.*)

anatomique des sexes, qui ne comporte en lui-même rien de hiérarchique, s'est-il partout traduit en inégalité, au détriment des femmes ? Qu'ont-elles donc de commun, à travers le temps et l'espace, qui l'expliquerait ? Car devant une situation aussi universelle, on cherche des causes *premières*, et Françoise Héritier en propose une. La seule donnée qui soit universellement partagée par les femmes, c'est bien sûr leur capacité d'enfanter, et l'anthropologue raisonne en termes de maîtrise de la reproduction : « Cherchant d'où pouvait provenir cette "valence différentielle des sexes" [*elle entend par là le rapport hiérarchique entre les sexes*], quels seraient les phénomènes premiers pris en considération pour expliquer son universelle présence, j'en suis arrivée à la conclusion hypothétique qu'il s'agit moins d'un handicap du côté féminin (fragilité, moindre poids, moindre taille, handicap des grossesses et de l'allaitement) que de l'expression d'une volonté de contrôle de la reproduction de la part de ceux qui ne disposent pas de ce pouvoir si particulier » (p. 25).

Là où Lévi-Strauss voyait trois piliers à toute organisation sociale (la prohibition de l'inceste, la répartition sexuelle des tâches et une forme reconnue d'union sexuelle), elle ajoute que le lien entre ces trois piliers, ce qui leur permet de produire du social, c'est la valence différentielle des sexes (p. 27) : pour qu'il y ait, dès l'origine des sociétés, échange réglé des femmes, il faut que dès l'origine les hommes les dominent. Élaboration idéologique, le rapport d'inégalité n'est jamais exclusivement fondé en nature (rien de biologique n'infériorise *a priori* la femme), mais il résulte d'une manipulation symbolique des faits biologiques élémentaires : toute société devant construire les règles de son fonctionnement (rapports d'alliance, de parenté, de filiation), elle le fait, chacune à sa manière, à partir de ces faits élémentaires qui sont comme un alphabet. Mais, « avec un même "alphabet" symbolique universel, ancré dans cette nature biologique commune, chaque société élabore en fait des "phrases" culturelles singulières » (p. 22).

Pourquoi s'est-il construit dans toutes les sociétés un système de pensée dualiste, associant des valeurs négatives et positives à des oppositions binaires et les affectant aux deux sexes (pas forcément les mêmes dans les différentes cultures – le froid est ici associé au féminin, là au masculin et inversement ailleurs, mais le pôle valorisé est toujours masculin) ? Héritier suppose que le simple fait d'organiser des oppositions, quelle que soit leur valeur ici ou là, est une constante du travail symbolique, lequel vise à donner une légitimité aux pratiques sociales en les fondant sur une prétendue « nature ». « L'appréhension intellectuelle de la différence sexuée serait ainsi concomitante de l'expression même de toute pensée [1] » (II, p. 16).

Pour quelle raison, donc, toutes les constructions idéologiques ont-elles accordé la prééminence aux hommes ? « Ce n'est pas le sexe, mais la fécondité, qui fait la différence réelle entre le masculin et le féminin,

1. Reste qu'elle se demande pourquoi le système d'opposition binaire, explicable en ce que l'opération de classification est sans doute la première opération de la pensée, n'est pas neutre mais hiérarchisé. « La hiérarchie, dit-elle, est simplement un effet supplémentaire, compte tenu du fait qu'un équilibre parfait n'est pas pensable » (II, p. 128). Et pourquoi ne le serait-il donc pas ? Conjectures…

et la domination masculine [...] est fondamentalement le contrôle, l'appropriation de la fécondité de la femme » (p. 230). Comme il ne peut y avoir de réelle *appropriation* de la fécondité, les hommes se seraient donc occupés de contrôler la répartition des femmes entre eux (ainsi que celle des enfants) en la légitimant par des systèmes idéologiques où ils s'attribuaient le rôle principal dans la procréation : « L'importance et la quasi-universalité de ces représentations qui dessaisissent les femmes de leur capacité brute de fécondité montraient assez que le moteur de la hiérarchie était bien là[1] » (II, p. 20).

Quant à l'élément objectif, sorte de cause première qui a pu fonder les diverses élaborations des systèmes inégalitaires, Françoise Héritier a d'abord cru pouvoir le trouver dans la gestion des « humeurs » (le sang, le sperme et parfois le lait étant considérés comme équivalents dans de nombreuses représentations) : la femme ne maîtrise pas la perte de son sang menstruel tandis que l'homme contrôle l'émission de son sperme. De plus, l'homme « peut faire couler son sang, risquer sa vie, prendre celle des autres, par décision de son libre arbitre ; la femme "voit" couler son sang hors de son corps [...] et elle donne la vie (et meurt parfois ce faisant) sans nécessairement le vouloir ni pouvoir l'empêcher » (p. 234-235). J'aimais beaucoup son présupposé, que je formulerai ainsi :

1. Plus précisément, corrige Héritier dans un second temps, la cause profonde de la domination masculine résiderait dans l'incapacité des hommes de faire leurs fils eux-mêmes, alors que les femmes peuvent faire leurs filles (II, p. 23).

toutes les sociétés humaines attribueraient une valeur supérieure à la liberté. L'homme, maître de ses humeurs, contrairement à la femme asservie à sa nature, se serait, en raison de cette liberté, vu accordé une position dominante dans la hiérarchie sociale. Mais dans *Masculin/Féminin II* (2002), l'anthropologue est revenue sur son hypothèse car elle supposait l'existence de valeurs (le vouloir contre la passivité) *précédant* la construction symbolique, ce qui ne saurait logiquement être.

Si cet ensemble de spéculations a quelque justesse, il est clair que la contraception (« levier essentiel parce qu'il agit au cœur même du lieu où la domination s'est produite » [II, p. 26]), et l'avortement, instruments de maîtrise du corps et donc expressions d'une liberté fondamentale, constituent non une simple quoique précieuse amélioration de la vie quotidienne mais une mutation anthropologique majeure…

Parenthèse : le Grand Récit de la différence des sexes que fournit l'anthropologie n'est pas sans chausse-trappe, comme tout grand récit. Qui a dit d'ailleurs que notre époque y avait renoncé ? Dès qu'il s'agit de reconstruire la généalogie de la distinction des sexes, les auteurs racontent des histoires brassant le temps très long, qui sont aussi stimulantes que sources de perplexité. Car elles ont souvent des allures de fiction autant que de science[1].

1. Outre Françoise Héritier, voir aussi Elisabeth Badinter, qui remonte le temps pour comprendre la construction de la masculinité (*XY. De l'identité masculine*, Paris, Odile Jacob, 1992), Simone de Beauvoir ou Freud…

Par exemple, quand Françoise Héritier suppose qu'il s'agit pour les hommes de s'approprier non pas seulement la puissance d'enfanter, mais encore celle d'enfanter *des fils*, car ce que voudraient les hommes ce sont des fils (II, p. 118-119), on voit mal en quoi ce désir pourrait être premier : sauf à prêter implicitement aux êtres une étrange passion du même, c'est bien parce qu'ils appartiennent à une société où l'homme *domine déjà* qu'ils peuvent désirer perpétuer cette domination en ayant des fils. On n'est donc plus face à une cause *première*.

Mais au total, ce que nous apprend (confirme) de capital Françoise Héritier, c'est d'une part que rien, dans aucune organisation sociale, n'est fondé exclusivement en nature (p. 285), et que s'il existe sans conteste des *faits* biologiques (comme la différence anatomique des sexes), tous sont nécessairement *interprétés* en vue de la construction d'une idéologie destinée à soutenir une organisation sociale. En somme, n'en déplaise aux *gender studies*, il existe bien une irréductible différence anatomique des sexes, et n'en déplaise aux différentialistes, ces faits sont d'un poids très relatif en dehors d'un système de représentations qui les accueille et leur donne sens.

Considérée cette fois d'un point de vue politique, il est possible que cette question de l'enfantement explique aussi certains développements plus récents de notre histoire. J'évoquais ce fait (« Pouvoir (et vouloir) »), étonnant et scandaleux, que la démocratie naissante a maintenu les femmes dans l'infériorité des droits civils et les a assignées à la sphère domestique. Pourquoi le principe d'une extrême division sexuée des tâches a-t-il persisté alors qu'on remettait en cause tant de vieux schémas ? En croisant les réflexions de la philosophe Françoise Collin et de la sociologue Irène Théry, j'entrevois d'intéressantes hypothèses. Si la Révolution puis le XIXe siècle ont solidement organisé entre les sexes la répartition « vie privée – enfants » et « vie publique – travail (production, politique) », c'est qu'il y avait peut-être une incompatibilité entre la représentation de la vie publique qui se créait et la parentalité. En effet, la mise au monde est une sorte de coup de force (Kant) par lequel on lance dans l'existence des êtres qui n'ont rien demandé et qui sont incapables de survivre sans soins. La relation des adultes avec les enfants ne peut donc jamais être une relation égalitaire : le rapport générationnel, écrit Collin, rend « visible l'irréductibilité des rapports humains aux rapports de droit, et la nécessité d'un surplus de sollicitude ». Or, « voilà ce que la modernité démocratique répugne à regarder en face : le rapport générationnel est une objection fondamentale à son idéal, celui du contrat. Il contraint à assumer la réalité de rapports dissymétriques qui ne tombent cependant pas sous la catégorie du pouvoir au sens de la domination », mais sous celles de l'autorité et de la responsabilité[1]. L'impossibilité de relations d'égal à égal exclurait donc que les relations avec l'enfant relèvent des modèles organisant la vie publique telle que l'a conçue la démocratie. Car les premiers théoriciens de

1. Françoise Collin, « Mettre au monde », *in* Yvonne Knibiehler (dir.), *Maternité. Affaire privée, affaire publique*, *op. cit.*, p. 184-185.

la démocratie, dont Rousseau, ont d'emblée conçu la société comme le résultat d'un vaste contrat par lequel les hommes indépendants troquaient leur liberté originelle pour les bénéfices de la vie en commun. Mais ils imaginèrent aussi que la famille existait de toute éternité, que l'exigence de la reproduction avait produit cette toute première société de l'homme et de la femme, fondée sur des relations naturelles et non pas contractuelles. Le mariage et la famille étaient donc les seules institutions inscrites dans la nature humaine et, pour cela, elles échappaient au régime commun de la démocratie. De sorte, note Irène Théry, que « pendant près d'un siècle et demi, la société égalitaire a posé la famille comme "l'autre" de la démocratie ; une société que les natures respectives de l'homme, de la femme et de l'enfant fondaient comme une exception justifiée aux valeurs d'égalité et de liberté[1] ». Ainsi les femmes furent-elles réservées à l'intimité du foyer où elles avaient la charge des enfants.

Outre qu'elles nous donnent le plaisir d'envisager quelques hypothèses crédibles sur la perpétuation de l'inégalité des sexes, ces différentes lectures nous permettent de mesurer un peu mieux les bouleversements qui s'annoncent du fait des récentes avancées de la technoscience, laquelle ouvre des possibilités inédites concernant la génération : la fécondation et la gestation, comme séquences isolées prises en charge par la science, deviennent envisageables non

1. Irène Théry, « Mixité et maternité », *in* Yvonne Knibiehler (dir.), *Maternité. Affaire privée, affaire publique*, Paris, Bayard, 2001, p. 255.

seulement sans sexualité, mais encore sans homme, conférant aux femmes un pouvoir potentiel étonnant (qu'elles n'avaient du reste jamais réclamé). Là encore, la mutation anthropologique est considérable et ses conséquences imprévisibles.

*(**Femmes du monde** : Behan Kumari Mayawati, 53 ans, est une intouchable, appartenant donc à la caste la plus défavorisée de l'Inde. Elle gouverne pourtant l'État le plus peuplé du pays, l'Uttar Pradesh. S'étant déjà alliée avec la caste la plus éminente, les brahmanes, qui lui ont permis de se constituer de nouveaux réseaux, elle continue d'essayer de gagner des soutiens pour élargir la base politique de son parti : elle ambitionne en effet de devenir Premier ministre à New Delhi. Les experts ont l'air de penser qu'elle est trop pragmatique dans ses recherches d'alliance. Peut-être. Beau parcours en tout cas, dans un pays où les femmes sont largement sous-représentées, et où les intouchables, qui le sont aussi, n'ont eu longtemps aucun droit*[1]*.)*

1. Frédéric Bobin, « L'ambition de la "reine des intouchables" de l'Uttar Pradesh : conquérir New Delhi », *Le Monde*, 14 mai 2009.

22

Le père marin

Un de mes amis me dit son regret de n'avoir pas eu d'enfants. Il aurait tant aimé être père, m'avoue-t-il, et il précise : « Être le père marin, qui revient les bras chargés de cadeaux exotiques. » Là je l'interromps : commode la situation des hommes, on jette un enfant sur le rivage puis on repart naviguer, et une fois l'an, l'enfant hurle de joie : « Mon père marin, mon père marin est de passage ! » À la réflexion, il me semble que le fantasme dit une grande vérité : pour tout homme existe la possibilité d'être un père marin. Le permanent semble faire moins rêver. En revanche, pas de femme pour s'imaginer capitaine au long cours.

Assez tôt je crois (dès que j'ai eu l'âge de considérer que j'avais le choix – ce qu'on ignore quand on est encore trop jeune pour concevoir de vivre autrement que ses parents), j'ai choisi de ne pas avoir d'enfants. C'est un choix qui s'étend sur plusieurs années (pendant longtemps on peut changer d'avis). Et ce n'est pas rien : ce n'est pas comme dire *je ne prendrai pas de dessert* ou *je n'irai pas à la plage*. C'est un choix plein, plein de sens, plein de conséquences intimes, plein de raisons dont certaines peu claires mais de toute façon multiples. Ici je parlerai donc des raisons (aussi) claires (que possible), car j'aimerais évoquer deux faits, distincts et cependant reliés par quelques aspects : la nécessité urgente de changer les conditions de la maternité, et le fait qu'au demeurant elle n'est pas une obligation pour toutes.

Le temps, disait en substance Balzac, est le seul capital de ceux qui n'ont pas de fortune. C'est mon cas : j'ai dû, chaque fois que j'ai voulu posséder la moindre petite cuillère, travailler pour l'acheter. Par ailleurs je connais, depuis ma douzième année environ, le sentiment vif, tenaillant, parfois douloureux, de l'urgence. Dès cette époque, sans savoir exactement ce que je devais faire, je ressentais l'urgence de faire, de réaliser, de me réaliser. J'avais commencé à écrire avant, mais je ne saurais dire quand j'ai eu la certitude que je voulais être écrivain (et du reste, je n'ai jamais voulu *être écrivain* : je voulais *écrire*). Une chose que j'ai toujours sue : qu'il me serait infiniment plus difficile d'y parvenir si j'avais des enfants. Je me doutais bien qu'il fallait soit perdre beaucoup de temps à gagner assez d'argent pour se faire aider à la maison, soit ne pas chercher à gagner de l'argent mais alors être seule (ou juste deux) pour l'éducation des enfants. Dans tous les cas, une grande partie de mon temps serait affectée aux enfants. Et puis je viens d'une famille où l'on pensait qu'il fallait vraiment élever les enfants et où, de fait, c'était pour mes parents une activité très prenante : le modèle pouvait faire un peu peur pour qui avait d'autres désirs. Et même avec des exigences éducatives plus modestes, je suppose que serait resté pour moi le sentiment de la responsabilité. Comment ne pas s'inquiéter du bien-être de ses enfants, de leur éducation, de leur joie ? Comment ne pas se *soucier* ?

C'est ici, sans doute, que les deux dimensions se rejoignent, celle de mes choix personnels et celle des conditions sociales. Les secondes d'abord. Ne nous leurrons pas, nous n'avons quasiment rien gagné pour l'instant en matière de répartition des grandes tâches humaines : aux femmes de se débrouiller individuellement et au quotidien avec les contraintes de la maternité (80 % en moyenne des tâches domestiques et de maternage, je l'ai signalé, sont toujours assurées par elles). C'est dire, comme l'affirme Irène Théry, que « la sortie des femmes de la seule sphère domestique ne s'est accompagnée d'aucune forme de recomposition des rapports entre sphère domestique et sphère sociale et politique[1] » : à elles, bricolant leur emploi du temps, de régler tant bien que mal le problème crucial de l'harmonisation des obligations familiales et professionnelles.

Les femmes de condition modeste sont évidemment concernées au premier chef : pour elles, les activités professionnelles ingrates et mal rémunérées s'ajoutent au maternage. Mais les femmes aisées elles-mêmes ont à pâtir de cet état de fait, car si l'accès aux professions supérieures leur est à présent ouvert, le

1. Irène Théry, « Mixité et maternité », *in* Yvonne Knibiehler (dir.), *Maternité. Affaire privée, affaire publique*, *op. cit.*, p. 261.

modèle d'organisation du travail qui prévaut est le masculin : les enfants y sont rarement pris en compte et les femmes doivent se débrouiller pour concilier ces deux aspects de leur vie. C'est à ces difficultés de gestion du temps que s'ajoute cette contrainte difficilement quantifiable, la *préoccupation* : le mental des mères du XXIe siècle est toujours largement occupé par le souci de leurs enfants. J'en trouve une illustration éloquente dans la lecture de l'interview d'une femme cadre très supérieur exerçant dans une entreprise bancaire : elle note que les femmes jouissent aujourd'hui de la même formation que les hommes à l'université et dans les grandes écoles, qu'elles ne montrent pas moins de compétence et d'ambition qu'eux... et que pourtant elles sont infiniment moins nombreuses aux plus hauts niveaux de responsabilité[1]. Pourquoi ? La première raison en est bien sûr le « plafond de verre », mécanisme pernicieux et invisible qui empêche les femmes d'accéder aux postes de direction, sans doute du fait des hommes. Mais aussi parce que, arrivant dans la tranche d'âge cruciale (28-35 ans), celle qui ouvre l'accès à ces postes élevés,

1. Puisqu'il faut bien le rappeler quelque part : aujourd'hui, sur les 80 % de travailleuses du privé, seules 24 % sont cadres, tandis que 12 % occupent les postes supérieurs dans la fonction publique. La chute : 3 % des grandes entreprises sont dirigées par elles. Misère ! Une réforme constitutionnelle de l'été 2008 institue la parité sociale et économique : « La loi favorise l'égal accès des femmes et des hommes aux responsabilités professionnelles et sociales. » C'est peut-être une bonne chose... mais on note qu'on retrouve le même problème qu'avec la parité politique : ce type de loi contrevient au principe général d'égalité puisqu'on aura donc plus de chances d'être embauché si l'on est une femme qu'un homme.

elles « lâchent prise » : c'est l'âge de la maternité et, bien que ces femmes disposent souvent de tous les avantages que procure l'argent en matière d'aide, nounous, femmes de ménage, etc., reste qu'elles se sentent coupables d'être, face à leurs enfants, stressées et fatiguées. Elles choisissent donc d'être de bonnes mères... et puis il est trop tard pour la carrière[1].

En somme, dans tous les milieux, la maternité s'accompagne d'une difficulté majeure à vivre et à se réaliser. *Il faut donc changer les conditions de la maternité.* La première solution réside, bien sûr, dans le partage des tâches parentales. Facile à concevoir mais difficile à pleinement réaliser encore – il n'y a pourtant aucune raison, à présent, pour que les hommes ne prennent pas en charge les enfants autant que les femmes. Notre émancipation passe par la mixité. La deuxième manière de résoudre cette question exige des dispositifs sociaux mieux adaptés[2]. Après tout, la gestion des « ressources humaines » est une affaire publique, il n'est que de voir les récents tracas de l'Allemagne (qui s'inquiète de la baisse de la natalité) ou, à l'inverse, ceux de la Chine ou de l'Inde surpeuplées. Il me paraît légitime de demander que la prise en charge de la vie matérielle des jeunes enfants ne soit plus un

1. « Une période charnière entre 28 et 35 ans », *Libération*, 10 avril 2007.

2. La France n'est pas si mal lotie, puisque les diverses prestations liées aux enfants y sont généreuses, ce qui explique sans doute son exceptionnelle fécondité (2,02 enfants par femme en 2008). Mais les crèches restent trop rares et un tiers des femmes qui prennent un congé parental le font contre leur gré, faute d'avoir trouvé un mode de garde. (« Une politique généreuse mais inégalitaire », *Le Monde*, 20 octobre 2009.)

obstacle au déploiement de l'activité et de l'esprit des mères (et des pères) et où, de même que l'idée de la maternelle à trois ans ne choque plus guère, plus de crèches nous aident à concilier nos aspirations professionnelles et nos enfants. Du reste, c'est une invention du XXe siècle que cette promiscuité de chaque instant avec les enfants et cette croyance qu'on leur serait continûment et en tout point nécessaire[1]. Ils n'ont pas toujours été élevés dans le giron des mères, et si notre conception de l'éducation, prenant en considération les soins nécessaires à une personne en devenir, s'est certainement améliorée depuis des époques de négligence, elle peut encore évoluer, pour le bénéfice des deux parties, vers un allègement des contraintes du maternage mieux prises en charge par la société.

Je ne prétends donc pas (comme on en accuse parfois les « horribles » universalistes) qu'il faudrait que les femmes cessent de faire des enfants, mais d'abord qu'il faut d'urgence concevoir des relais, privés et publics, qui les libéreront, en faisant en sorte que cesse cette alternative cruelle : renoncer à faire des enfants pour pouvoir travailler tout son saoul, ou renoncer à travailler comme on le souhaiterait pour pouvoir les élever[2].

1. La mère a longtemps été simplement nourricière et ce n'est qu'à partir du XVIIIe siècle que la relation affective, dominant la relation éducative, a supplanté cette fonction première dans les représentations. L'amour maternel est devenu valeur de civilisation et la femme s'est vue dispensée de toute activité au profit de la maternité. Ainsi le XIXe siècle a-t-il fixé la mère au foyer.

2. Si le taux d'activité des hommes reste stable quel que soit le nombre d'enfants, celui des femmes (80 % de celles qui ont entre 25 et 49 ans travaillent aujourd'hui) chute à 64 % avec un ou deux enfants

Par ailleurs, et c'est le deuxième aspect de ma réflexion, la maternité n'est pas une obligation pour toutes les femmes : elle n'est qu'une possibilité. Je suis intimement convaincue que la pression sociale et familiale intériorisée contraint bien des femmes qui, si elles avaient pu librement considérer la question, auraient décidé de ne pas avoir d'enfants. Il n'y a pas de loi de la nature qui nous ferait désirer d'être mère. Difficile peut-être de se l'avouer parce que, quand on le devient, on aime presque toujours sa progéniture – disons, la plupart du temps et pour ne pas entrer dans le détail des rapports ambivalents des mères avec leurs enfants. On aime chaque enfant, on l'aime comme la prunelle de ses yeux : heureusement. Mais si elles avaient eu le choix (le vrai choix, intérieur), une partie de cette écrasante majorité n'aurait-elle pas décidé de ne pas devenir mère ? Difficile à affirmer, dans un sens comme dans l'autre : car la pression des habitudes mentales ne se signale évidemment jamais comme telle mais prend plutôt l'allure du bon sens, de l'instinct ou des grands mouvements naturels…

Je n'ai jamais regretté mon choix et je me suis toujours constamment félicitée d'avoir conservé cette liberté qui me permet d'organiser ma vie dans le sens de mes passions. Pourtant, je connais et goûte (quand par chance cela m'arrive) ce sentiment de grâce quand un enfant m'élit : il met sa petite main dans la mienne sans douter une seconde que je le protégerai, il m'embrasse joyeusement, ou bien il

---

de moins de douze ans, et à 40 % avec trois enfants. *Le Monde*, 9 juillet 2009.

me parle, me confie sa pensée, et être celle qui a été choisie pour cette confidence me donne un délicieux sentiment de fierté et de plaisir. À l'inverse, je souffre de lui voir faire quelque chose qui pourrait lui être préjudiciable, j'ai envie de lui apprendre le bon comportement, le bon point de vue. Bref : j'aime bien les enfants et il me semble que je n'aurais pas été une trop mauvaise mère (croyance qui vaut ce qu'elle vaut, mais on en est tous là – et donc ici n'est pas la raison de mon refus d'enfant).

Une fois, quelqu'une, enseignante à l'université, s'est étonnée de m'entendre dire que j'avais l'impression de choisir ma vie (et mes contraintes) : elle, presque jamais, m'a-t-elle dit. Dommage. Et très souvent les femmes se plaignent devant moi (je suis sans doute, par mon choix revendiqué, une interlocutrice privilégiée sur ce point) d'être arrimées à ces tâches domestiques qui commandent leur emploi du temps. Femmes qui par ailleurs adorent leurs enfants et ne les négligeraient pour rien au monde.

Je n'ai aucun mal à imaginer la joie que donnent les enfants, l'émotion que procure cette forme d'amour inconditionnel qu'ils réservent à leurs parents, et l'ardente tendresse que ces derniers ressentent. Je n'ai guère de peine à imaginer les bénéfices affectifs immenses qui accompagnent et illuminent le fait d'être parent. Malgré cela, prendre chaque jour soin d'eux : non, je n'en ai jamais eu envie. Je préfère écrire. Il est possible, du reste, que le souci des parents que j'évoquais plus haut soit, de façon moins intime ou moins angoissante (peut-être), une dimension permanente de la vie et des perceptions des écrivains.

Souci du monde : quand je regarde le journal télévisé, l'inquiétude qui m'assaille est sans doute à peine moins vive que celle des parents concernant l'avenir de leurs enfants. Mais ceci est une autre histoire.

Si enfanter avait été un désir irrépressible pour toutes les femmes – et donc pour moi aussi bien –, je suis sûre que j'aurais bricolé, comme les autres, une existence conciliant travail et maternité (puisque nous sommes bien obligés, constamment, de vivre sous toutes sortes de contraintes). Mais on peut, car la maternité n'est pas (plus) une obligation naturelle, n'en avoir pas envie, et être très heureuse ainsi : je ne me sens pas mère – mais je me sens pleinement femme.

23

Briques

La destination et la forme sans élégance ni souplesse de la brique – grâces soient rendues à sa capacité de constituer des murs – la rendent propre à désigner un bloc de pensée figée produit par le conformisme. Roland Barthes l'appliqua à toutes sortes d'expressions de la bien-pensance et de la bêtise à la mode. Je lui envie la trouvaille verbale. Elle peut nous faire bien de l'usage.

Une brique célèbre du temps passé, fournie par le médecin Paul Broca :

« On s'est demandé si la petitesse du cerveau de la femme ne dépendait pas exclusivement de la petitesse de son corps. Pourtant, il ne faut pas perdre de vue que la femme est en moyenne un peu moins intelligente que l'homme ; différence qu'on a pu exagérer, mais qui n'en est pas moins réelle. Il est donc permis de supposer que la petitesse relative du cerveau de la femme dépend à la fois de son infériorité physique et de son infériorité intellectuelle[1]. »

Où l'on voit que la brique présente parfois le glissant de la savonnette et la discrétion du fantôme. Car on aura apprécié à sa juste valeur intellectuelle le naufrage du raisonnement inauguré par ce « pourtant, il ne faut pas perdre de vue » qui, en fait de vue, n'évoque que celle, très courte, du cliché, et pas le moins du monde la rigueur de la lunette scientifique. Je crois qu'en logique on appelle ce procédé, qui peut parfois être dangereux, une inférence (faire porter l'attention sur une proposition – la petitesse du cerveau féminin – en ayant admis, sans la discuter, l'affirmation non vérifiée de la moindre intelligence des femmes).

Broca (1824-1880) n'était pas un sot ou un méchant : scientifique remarquable (il a découvert dans le cerveau le « centre de la parole », appelé depuis « aire de Broca »), il a fondé la Société des libres-penseurs, il était favorable à la théorie de la sélection naturelle de Darwin et on le disait très brave homme. Que cela nous rende d'autant plus vigilant : nul n'est à l'abri de la brique[2].

---

1. « Sur le volume et la forme du cerveau suivant les individus et suivant les races », 1861. Cité par Catherine Vidal, « Cerveau, sexe et idéologie », *in* Catherine Vidal (dir.), *Féminin Masculin. Mythes et idéologies*, *op. cit.*, p. 51.

2. Du reste, n'accablons pas la mémoire de cet honnête scientifique car, douze ans plus tard, il avait déjà évolué : « Le volume de l'encéphale [...] dépend aussi du genre de vie, de la nature du travail des hommes et surtout des femmes, de l'éducation. » (« Sur la question celtique : crânes des Bas-Bretons et des Auvergnats », 1873, cité par Evelyne Peyre et Joëlle Wiels, « De la "nature des femmes" et de son incompa-

Les briques du temps présent à propos des femmes ne manquent pas non plus. Elles visent la plupart du temps à supprimer la dimension de la responsabilité individuelle dans notre destin, c'est pourquoi elles s'appuient souvent sur la nature. Quand je lui ai parlé de cette notion de brique, Olympe m'a avoué s'être parfois demandé si la *nécessité* de faire des enfants n'en était pas une : « On prétend que c'est là une impérieuse "loi de la nature" : il y aurait quelque chose d'inscrit en nous qui nous "obligerait" à nous reproduire – regardez, nous dit-on, tous les animaux font de même, et voyez les merveilleuses stratégies des souris pour assurer leur pérennité, et admirez encore comme les lemmings procèdent à des formes de suicide collectif quand le surnombre met leur survie en péril. Il faudrait donc considérer la gestion inconsciente de la survie de l'espèce comme une donnée inscrite en chacun et en tous. Sans vouloir ressortir mon ancêtre qui s'est levé dans la savane alors que tous ses congénères etc., moi, quand j'observe ce que nous sommes en train de faire à la planète, quand je songe qu'en 2050 nous vivrons, si nous vivons encore, sur une sorte de poubelle puante et sous un ciel irrespirable, que nous aurons fait disparaître la plupart des espèces animales et toute la flore, enfoui des milliards de tonnes de déchets nucléaires qui resteront radioactifs pendant des millions d'années – bref, quand je vois qu'aucun "sentiment naturel"

---

tibilité avec l'exercice du pouvoir : le poids des discours scientifiques depuis le XVIIIe siècle », *in* Éliane Viennot (dir.), *La Démocratie « à la française »*, *op. cit.*)

ne nous conduit à préserver notre environnement et donc la possibilité même de la vie, j'ai des doutes sur le fait qu'une exhortation silencieuse et impérieuse de "la nature" en nous serait assez puissante pour nous commander la survie de l'espèce.

– Je suis bien d'accord avec toi, lui ai-je dit. Et as-tu remarqué, d'ailleurs, comme de nos jours on a tendance à expliquer la totalité des comportements humains par des considérations sociales, culturelles et psychologiques, sauf – c'est l'unique terrain où la "nature" impose sa loi dans nos discours – sur la question de la reproduction. Dans ce domaine, nous serions pieds et poings liés au fatalisme naturel. Brique, ou pas ? »

Nous avons continué de deviser gaiement. Je ne peux m'empêcher de croire qu'un humain fait des enfants soit parce qu'il n'a pas encore imaginé qu'il pourrait, librement, ne pas en faire, soit parce qu'il en a, individuellement, le désir – la nature, elle, le permet mais ne le commande pas.

De nombreuses réflexions féministes récentes ont montré à quel point le discours scientifique était autant qu'un autre traversé par l'idéologie. Non seulement dans sa récupération par les profanes, chez lesquels les rapides évolutions de la science ont créé l'illusion que la biologie révélait l'alpha et l'oméga de l'être humain, mais chez les scientifiques eux-mêmes qui ne se montrent pas à l'abri des préjugés et des briques. J'en donnerai un exemple, lié à cette prééminence du souci de la reproduction qui est censé avoir guidé l'évolution de l'espèce, et que je tire du passionnant travail d'Évelyne Peyre, paléoanthropologue.

Saviez-vous que le squelette des deux sexes est si peu différent que les savants exhumant les os de nos ancêtres peinent à distinguer les Lucie des Lucien ? On disait que le bassin de la femme (assignée aux fonctions reproductrices) serait plus large, tandis que le crâne de l'homme serait plus volumineux… Évident ? Non : « Les caractères osseux sexués présentent en réalité une forte variation d'expression [*individuelle*], autant dans leur forme que dans leur taille[1]. » En fait, ce qui explique l'évolution de la morphologie humaine, ce n'est pas, comme on l'a longtemps affirmé, la nécessité de la procréation : le bassin humain, avec ses ailes osseuses incurvées l'une vers l'autre, est assez mal adapté à cette fonction et le fœtus a dû procéder, au cours de l'évolution, à des adaptations drastiques pour en sortir indemne. C'est de l'adaptation à la bipédie qu'a résulté notre morphologie. La station debout a contraint le bassin à des rétrécissements en largeur, en hauteur et en profondeur et, parallèlement, elle a transformé la morphologie du crâne, ce qui a permis une forte augmentation du volume cérébral, tandis que des modifications de la gorge et de la bouche rendaient possible la vocalisation sophistiquée du langage humain.

En somme, ce sont les contraintes de la bipédie qui ont donné son allure générale à notre corps, et les obligations du développement cérébral ont largement prévalu sur celles de la procréation, qui s'y sont adaptées. Ainsi peut-on apercevoir clairement le travail

1. Évelyne Peyre, « Du sexe et des os », *in* Catherine Vidal (dir.), *Féminin Masculin. Mythes et idéologies*, *op. cit.*, p. 36.

de l'idéologie dans la science : nulle récente ou stupéfiante découverte ne nous a obligés à transformer en profondeur le récit de l'évolution de l'homme ; simplement, en réfléchissant à la bipédie et en reconnaissant sa primauté dans le processus de l'évolution, on a contribué à l'effondrement des théories, remontant au XVIIIe siècle, qui liaient l'identité des femmes (leur « nature ») à leur rôle manifeste dans la procréation. Ainsi peut s'élever la belle idée qu'une femme est, autant qu'un homme, un *Homo sapiens sapiens*, c'est-à-dire un être vivant chez lequel le développement du cerveau a primé toute autre considération, ou, encore, qu'elle est un cerveau sur pattes – et subsidiairement un utérus.

(J'entends très distinctement de véhémentes protestations, à gauche et à droite de la salle. Envie de répondre par une pirouette, empruntée à Pascal : deux folies – croire à la toute-puissance de la nature, croire à son absolue contingence.)

24

L'être humain n'est pas – tellement – naturel

En écrivant ces pages, et réfléchissant lentement tandis que j'écris, je finis par être frappée d'une chose : la prégnance, dans plusieurs raisonnements féministes actuels, des arguments fondés sur le biologique. Et je me demande si l'impression de régression qu'ils me donnent ne prend pas là sa source. Il n'y a pas si longtemps, chacun semblait averti de la supercherie que représente le recours à la nature : tous les systèmes de domination y ont toujours trouvé leur justification et ce n'est pas le moindre mérite du XXe siècle que d'avoir, grâce au développement des sciences humaines et sociales notamment, démonté ce mécanisme qui consiste à prêter une origine naturelle à ce qui n'est qu'une construction idéologique.

Si je récapitule : les deux tendances que j'interroge aujourd'hui, différentialisme et *gender studies*, fondent, même sans (se) le dire clairement, une partie de leurs raisonnements sur la nature. Les différentialistes en accordant une importance démesurée à l'enfantement et à la maternité : le corps de la femme infléchirait radicalement sa pensée et son destin. Encore une fois, il ne s'agit pas de nier les faits biologiques (ou de dire que les femmes devraient cesser de faire des enfants, ou devraient recourir à la procréation artificielle généralisée, etc.), mais de penser ces faits à l'intérieur d'une vision globale de l'humain dans laquelle le social et donc le symbolique jouent un rôle capital[1]. En ce sens, les travaux des anthropologues, prolongeant sur ce chapitre ceux des sociologues, sont essentiels parce qu'ils permettent de rompre définitivement avec la pensée benoîte d'un homme (d'une femme) *naturel(le)*. Cet homme-là n'existe pas et n'a jamais, nulle part, existé. Car l'homme est d'abord un être social, et l'anthropologie montre que les plus « primitifs » élaborent des récits qui justifient un ordre social en s'appuyant sur une nature interprétée en fonction des besoins de cet ordre.

Quand on passe aux *gender studies*, qui semblent prêtes à remettre en question toute identité de genre, qui veulent faire table rase de la *différencedessexes*, qui ont l'air de prôner la réinvention permanente de soi, on trouve quand même et encore, au fondement de l'argumentation, un certain nombre de réflexions

1. « La fonction maternelle chez les humains n'a rien de naturel ; elle est toujours et partout une construction sociale, définie et organisée par des normes, selon les besoins d'une population donnée à une époque donnée de son histoire. » Ainsi Yvonne Knibiehler, qu'on ne saurait soupçonner de parler contre la maternité, introduit-elle le recueil d'articles, *Maternité. Affaire privée, affaire publique*, publié sous sa direction, p. 13. Voir aussi, bien sûr, Elisabeth Badinter, *L'Amour en plus. Histoire de l'amour maternel, XVIIe-XXe siècle*, Paris, Flammarion, 1980.

oiseuses sur la nature. Que nous a appris (récemment) la science ? Que ce sont les chromosomes sexuels (XX chez la femme et XY chez l'homme) qui orientent le développement des gonades (ovaires et testicules – différenciation sexuelle primaire), lesquelles, produisant des hormones, provoquent le développement de l'appareil génital (différenciation sexuelle secondaire). Mais attention, disent ceux qui croient ainsi lutter contre les discriminations, d'une part les chromosomes jouent des tours (il existe toutes sortes de cas intermédiaires, XXX, XXY, XX donnant un appareil génital mâle, etc.), et d'autre part le sexe corporel peut présenter des apparences ambiguës.

Je prétends que tout ceci n'est que relativement intéressant et en tout cas peu éclairant pour ce qui concerne la construction de l'identité sexuelle. Sauf à penser qu'un être humain est la résultante de ses données biologiques. À croire en la naturalité de l'homme, en somme. Et c'est ici que je m'étonne : tout ce travail de réflexion des *gender studies* pour évacuer la différence des sexes, jusqu'à s'obliger à quasiment dénier qu'il faille ce qu'on appelle un homme et une femme pour procréer, toute cette audace, cette liberté à l'égard des représentations… pour en revenir à des justifications naturalistes ? On ne pourrait donc légitimer la revendication d'égalité que par la nature ? Trop bête.

Je ne crois pas que les aléas chromosomiques et hormonaux, qui en effet expliquent que le dimorphisme sexuel, à l'échelle de toute une population, est moins strict qu'on pourrait le croire, constituent une *raison* de combattre l'inégalité. Je crois que le fait que nous pensons, et que nous sommes donc capables d'inventer l'avenir, est la raison suffisante. Les thuriféraires de Mère Nature développent une pensée fantaisiste ou régressive. Il est beaucoup plus intéressant d'observer les mécanismes d'apprentissage des conduites sexuées dans l'enfance, et leurs effets culturels. Car c'est surtout en mettant en lumière les différences de comportement des parents ou des éducateurs à l'égard des enfants qu'on peut s'attaquer aux origines de l'inégalité. Du reste, plusieurs chercheurs contestent la prégnance des données physiologiques et morphologiques dans la construction du sentiment de l'identité : « Tant pour les filles que pour les garçons, il semble qu'aucune relation ne puisse être établie entre les anomalies génétiques et la construction de l'individu. Les anomalies relevées peuvent avoir des incidences fonctionnelles (stérilité par exemple), cependant aucun trouble de l'identité sexuée ne semble y être associé. » Quant au cas où l'appareil sexuel externe est ambigu et où le sexe assigné à la naissance n'est pas en adéquation avec le sexe chromosomique, « c'est le sexe d'assignation qui prime. En effet, l'enfant développe en règle générale une identité sexuée conforme au sexe attribué à la naissance[1] ».

---

1. Gaïd Le Maner-Idrissi, « Comment devient-on un garçon ou une fille de sa culture », *in* Catherine Vidal (dir.), *Féminin Masculin. Mythes et idéologies*, *op. cit.*, p. 60. En 1980, Michel Foucault avait donné un texte d'introduction aux mémoires d'Herculine Barbin (né en 1838), que son hermaphroditisme avait fini par conduire au suicide. Aujourd'hui, Herculine aurait sans doute droit à la dernière page enthousiaste d'un quotidien sympathique : preuve au moins que les choses avancent dans le sens de la tolérance.

Il me paraît étrange d'être obligée d'en revenir à ce qui allait de soi il y a une trentaine d'années, qu'on ne naît pas femme ou homme mais qu'on le devient, par l'effet de l'environnement et de l'éducation. Mais à cette époque, on s'était débarrassé de la prééminence du naturel dans les discours sur l'homme, et la biologie, dont les immenses progrès sont très récents (et donc sans doute un peu enivrants), ne faisait pas la loi…

Une parenthèse instructive pour finir, qui rappelle que non seulement la science fait souvent dire ce qu'elle veut à la nature, mais que, du fait des œillères idéologiques, les scientifiques ne sont pas toujours bien lus… Pendant longtemps on a pu présenter la théorie darwinienne comme une justification des systèmes politiques ou sociaux les plus brutaux, puisqu'elle semblait établir l'existence d'une « loi du plus fort » : la sélection naturelle consistait en l'élimination progressive des moins aptes à la survie. Aujourd'hui, des chercheurs soulignent qu'en réalité Darwin pensait à peu près l'inverse : la nature de l'homme l'a progressivement conduit à perdre ses caractères naturels primitifs, et au mouvement d'élimination des moins aptes s'est substituée la civilisation, c'est-à-dire l'élaboration de systèmes de pensée promouvant la bienveillance, l'altruisme et le secours, qui ont permis que se mettent en place des institutions visant à protéger les plus fragiles. L'émergence des sentiments affectifs, du droit et de la morale, correspondant au stade le plus avancé de l'évolution, a assuré à l'homme son éminence dans la chaîne des êtres. En somme, les « instincts sociaux » se sont retournés contre la sélection naturelle elle-même : en éliminant l'élimination.

Quand bien même on s'obstinerait à voir dans l'inégalité (ou la *différence*) entre les sexes une conséquence de la « nature », on ferait bien de méditer cette conception de la civilisation « contre nature »[1]...

1. Pour une analyse détaillée et pas manichéenne des positions naturalistes, voir Dominique Guillo, « Les théories naturalistes du sexe et du genre. Éléments d'analyse interne », *in* Irène Théry et Pascale Bonnemère (dir.), *Ce que le genre fait aux personnes*, *op. cit.*

25

Le Deuxième Sexe : *l'élégance d'un bond*

Alors j'en profite pour revenir aux fondamentaux. Au fondamental. J'avais l'intention, à un endroit ou un autre, de rappeler ce que nous devons à Simone de Beauvoir, de redire que la liberté de sa pensée a créé un élan dont nous n'avons pas fini de recueillir les fruits, et j'aurais pu glisser cette séquence d'hommage en ouverture de l'essai ou presque n'importe où en cours de route : quoi qu'on en dise, nous venons toutes de là, nous sommes toutes nées à la liberté (à son désir) parce qu'un jour elle a changé un paradigme capital. Lorsqu'elle a écrit : « On ne naît pas femme, on le devient », la pensée et la conscience ont avancé d'un bond. Je dis « d'un bond » parce qu'il y a deux façons de faire progresser le savoir. L'une est cumulative : elle agit par enrichissement des données, découverte de nouvelles sources qui permettent des synthèses neuves et des points de vue inédits. L'autre procède par changements de paradigmes – par bonds intellectuels qui modifient définitivement le cours de la pensée. Ensuite, il faut que ce nouveau savoir se transmette aux comportements et aux mœurs, mais la possibilité en est soudain ouverte. N'en déplaise donc à ceux qui croient en une essence féminine d'origine biologique ou psychique (et qui détestent souvent la philosophe), le cadre intellectuel qui permettait de repenser le féminin a été posé par Simone de Beauvoir en 1949. Il se rencontre peu de pensées aussi authentiquement *matricielles*…

Trois mouvements intellectuels ont permis ce déplacement des idées. En premier lieu, justement, un renversement du biologique et du social : s'appuyant sur la pensée existentialiste qui posait la priorité de l'existence sur l'essence, Beauvoir affirme que le « devenir femme » (la culture) l'emporte sur le « naître femme » (la nature). Aux très anciens arguments limitant la femme à sa seule identité physiologique qui lui tenait lieu de destin, elle oppose l'idée d'une construction sociale et historique. Car *devenir* femme n'est pas seulement le résultat d'un développement individuel, c'est aussi celui de l'inscription dans le mouvement de l'histoire ; et dès lors qu'on concevait les femmes comme des êtres historiques, on pouvait rêver que dans l'avenir, avec un peu d'efforts, l'inégalité serait enfin corrigée.

Deuxième mouvement : elle constate que le couple homme/femme est pensé comme l'opposition du Même et de l'Autre. Se demandant : « Qu'est-ce qu'une femme ? », Beauvoir souligne que l'énoncé même de la question apporte une réponse : il ne serait venu à l'idée d'aucun homme de la poser pour les hommes, car « il est entendu que le fait d'être un homme n'est pas une singularité[1] ». L'homme est la verticale par rapport à laquelle se définit l'oblique, la femme, l'Autre. Ainsi celui-là est-il sujet quand celle-ci n'est qu'objet.

Troisième mouvement, qui permet d'assumer le changement de paradigme : il faut mesurer le progrès à accomplir non pas à l'aune du bonheur, notion trop vague, mais à celle de la liberté. Chaque sujet exprime sa liberté et son humanité en se projetant dans des réalisations toujours renouvelées : « il n'y a d'autre justification de l'existence présente que son expansion vers un avenir indéfiniment ouvert », d'autre manière d'accomplir sa liberté « que par son perpétuel dépassement vers d'autres libertés » (p. 33). Beauvoir insiste sur cette idée capitale que vivre, se réaliser, accomplir sa liberté, c'est avant tout *faire*. Mais comment serait-ce possible pour les femmes dans un monde qui les pose comme Autres ?

Si la réception immédiate du *Deuxième Sexe* fut houleuse, c'est que le livre, convoquant tous les champs du savoir, biologie, anthropologie, psychanalyse, histoire, etc.[2], était une véritable machine de

---

1. Simone de Beauvoir, *Le Deuxième Sexe* [1949], Paris, Gallimard, « Folio », 2008, Introduction, p. 16. De cet ouvrage sont tirées les citations du *Deuxième Sexe* qui suivent.

2. Françoise Héritier analyse quelques erreurs dans les références anthropologiques de Beauvoir, et conteste l'idée que l'origine de la prééminence masculine tiendrait aux valeurs attachées à la transcendance (masculine, les hommes étant exemptés de maternité) contre celles de l'immanence (féminine) : elle pense même, on l'a vu, l'inverse, considérant la maternité comme le privilège qu'ont voulu contrebalancer les hommes… Mais rien toutefois, de l'aveu même de l'anthropologue, qui enlèverait à la pensée de Beauvoir sa puissance de subversion

guerre, machine à défaire le discours construit par des siècles de domination masculine. Mais ce qui rend ce propos remarquable, c'est qu'à aucun moment on n'y sent trace d'amertume, de récrimination vengeresse, on n'y discerne jamais ce ton plaintif qui distingue certaines féministes d'aujourd'hui. Machine de guerre intellectuelle ne signifie pas qu'il y aurait guerre des sexes. Peut-être parce que Beauvoir, par chance extrême, n'a pas fait l'expérience de l'empêchement de penser ou de vivre encore fréquent dans cette première moitié du siècle. Elle écrit à Nelson Algren : « Jamais je n'ai souffert d'être une femme[3]. » Elle a eu au contraire le « privilège[4] » de pouvoir pleinement s'épanouir. Simplement, un jour, Sartre lui a demandé ce qu'était pour elle être femme, et de sa réflexion – et non pas d'une tentation de revanche – est né ce livre dans lequel elle réclame pour toutes les femmes cet accès à l'universel qui est celui de l'homme et déjà, aussi, le sien.

Qui peut si élégamment bondir peut aussi, hélas, patauger dans le marigot. Et si je dis la louange, je dois dire en même temps la limite, par honnêteté. Cette pensée si vive et si hardie dans la prospective fut moins libre et, pour tout avouer, pleine d'une condamnable naïveté lorsqu'elle s'est appliquée à lire les événements qui survenaient dans le monde autour

---

des représentations. (« Le point d'aveuglement de Simone de Beauvoir », *in Masculin/Féminin*, II, *op. cit.*)

3. Cité par Danièle Sallenave, *Castor de guerre*, Paris, Gallimard, 2008, p. 342.

4. Geneviève Fraisse, *Le Privilège de Simone de Beauvoir*, Arles, Actes Sud, 2008 (et *La Raison des femmes*, Paris, Plon, 1992).

d'elle. L'URSS, la Chine, Cuba, autant de pays visités, autant de graves erreurs d'appréciation. Étrange fonctionnement de l'intelligence. On sait qu'il n'est pas si simple d'ouvrir les yeux et de voir, qu'il faut pour cela se défaire des multiples œillères que nous impose le conformisme ou la paresse. Mais quand même : qu'est-ce qui, dans les modes de raisonnement de Beauvoir, permit à la fois l'audace de sa pensée sur les femmes et ce manque patent de lucidité ? Peut-être le péché d'abstraction. On en voit un exemple lorsque Olga lui demande, au début des années 30, ce que « ça signifiait d'être juif » : « Rien ! les Juifs ça n'existe pas, il n'y a que des hommes[1]. » Oui, des hommes, mais aussi de l'histoire qui enserre les hommes et écrit même en partie leur avenir. On a l'impression que malgré un sincère désir de justice et d'émancipation des peuples, Beauvoir n'a guère compris la politique. Il faut être suffisamment plongé dans la réalité (au moins intellectuellement), en éprouver les rigueurs et les contraintes, pour imaginer comment la changer. Elle n'avait pas eu à souffrir d'être femme mais elle connaissait assez la réalité de la condition féminine pour imaginer comment la transformer. Il était sans doute moins facile de s'identifier aux peuples opprimés pour tirer les bonnes conclusions quant aux remèdes à apporter à leur situation.

1. Danièle Sallenave, *Castor de guerre*, *op. cit.*, p. 147. N'était-ce pas ce même péché qu'on retrouvait chez Sartre, réfléchissant, en 1941, aux formes que pourrait prendre le socialisme après la défaite du Reich – sans songer à tenter d'accélérer cette défaite par l'action immédiate ?

Nous reste cependant, comme un talisman, cette formidable façon d'avoir ouvert, en posant la liberté comme valeur prédominante, la possibilité de l'égalité. Et l'enthousiasme intellectuel et moral me saisit encore à la lecture de la conclusion du *Deuxième Sexe*, si prometteuse lorsqu'elle prédit que de l'émancipation des femmes naîtront, entre les deux sexes, non pas l'indifférence mais « des relations charnelles et affectives dont nous n'avons pas idée » (p. 651), et, ultime mot du texte, qui n'est pas sa moindre audace, la « fraternité ». J'aime que, jouant du masculin comme neutre, elle ait choisi de terminer son essai par ce mot comme un sourire qui, mêlant le destin des deux sexes, vaut malice et connivence.

26

Ellénore ou l'aliénation

Olympe, qui vit seule (pourquoi les femmes mûres sont-elles toujours soulagées, dans un premier temps, par la séparation ? Pourquoi expriment-elles toutes un sentiment de liberté retrouvée qui les enivrent, tandis que je n'ai jamais entendu un homme – sauf quand il sortait d'un enfer conjugal – se féliciter de la solitude conquise ? Si elles reviennent ensuite au couple, c'est pour l'amour, pour ne pas vivre hors l'amour, mais pas pour la vie commune, toujours contraignante pour elles), Olympe, donc, qui vit seule avec ses filles et qui n'a pas de quoi s'offrir une nounou, est bien obligée de faire des heures de square. « Le square, me dit-elle, nous révèle à quel point l'égalité est encore loin devant nous. Si tu voyais ces toutes petites filles effrayantes et magnifiques ! Des poupées, coiffées, vêtues, soignées comme de coquettes jeunes filles – au point qu'on ne voit pas comment elles pourraient courir, se salir, oublier leur corps et en jouir. Elles sont absolument ravissantes et terrifiantes : ainsi programmées pour la séduction physique, il leur faudra parcourir tout le chemin de l'émancipation à nouveaux frais, comme nos grand-mères.

– À nouveaux frais, en effet, ai-je interrompu, parce qu'à ma grand-mère petite fille, on enseignait la sagesse, la retenue et les tâches domestiques. Nos fillettes, elles, conformément à une sorte d'hystérisation qui s'est emparée de la société, sont élevées dans le goût des falbalas et la volonté de séduire… Il leur faudra se dégager de cette tyrannie du corps trop précocement érotisé.

– Et ce que tu perçois en elles, a repris Olympe, est l'exacte manifestation de l'aliénation des mères, elles-mêmes soumises à la dictature de la séduction.

– Tu as quelque chose contre la séduction ?

– Non, au contraire. Mais à condition qu'elle ne soit pas le principe qui oriente toute la vie des femmes, et qui les aliène. On parle moins d'aliénation ces temps-ci, tu ne l'as pas noté ? On fait comme si elle n'avait plus cours, comme si ce mécanisme insidieux n'était pas toujours à l'œuvre et à traquer. Ah, la burqa, d'accord, prison mentale qui se voit. Mais les burqas transparentes de nos sœurs ? »

Je lui ai fait remarquer que cette histoire de burqa donnait raison à Beauvoir lorsqu'elle pose la liberté, et non le bonheur, comme mesure de l'émancipation. Car l'aliénation consiste justement à trouver son bonheur dans la soumission. Tu prétends que tu es heureuse, peut-on rétorquer à la femme voilée, mais dis-moi surtout ce que tu as le droit de *faire*. Et à l'aune de ta liberté d'agir, je mesurerai plus sûrement l'ampleur et la réalité de ton bonheur.

C'est lors de cette discussion qu'Olympe m'a parlé

d'*Adolphe*, le roman de Benjamin Constant. « J'ai toujours adoré ce roman et éprouvé une vive antipathie pour le personnage d'Ellénore. C'est pourtant rare de détester un personnage qui souffre. Des tas de lecteurs exècrent Adolphe, sa faiblesse, son manque de franchise, mais on parle rarement contre Ellénore. J'ai mis du temps à comprendre ce qui, en elle, me paraissait si haïssable : l'aliénation. »

Je ne peux rapporter exactement les propos d'Olympe mais, depuis, j'ai lu *Adolphe* avec ses lunettes et je suis assez d'accord avec elle. Que je vous le raconte à ma façon. Adolphe s'ennuie et décide qu'il veut être aimé. Il jette son dévolu sur une belle femme, Ellénore, de dix ans son aînée, polonaise, qui vit avec le comte de P*** sans en avoir été épousée, sans doute parce que sa jeunesse n'a pas été irréprochable. Sa situation sociale en équilibre précaire l'oblige à prouver sans cesse qu'elle est une femme de bien, malgré tout. Comment y parvenir ? En tenant des discours très désavantageux pour elle-même ; mais comme elle n'est pourvue, de toute façon, que d'un « esprit ordinaire » et de « beaucoup de préjugés » (estime Adolphe), elle n'a pas de peine à soutenir les discours de la morale la plus étriquée, quand bien même ils vont « en sens inverse de son intérêt » : « elle attachait le plus grand prix à la régularité de la conduite », « elle était très religieuse », « elle repoussait sévèrement dans la conversation tout ce qui n'aurait paru à d'autres femmes que des plaisanteries innocentes », « elle élevait deux enfants qu'elle avait eus du comte de P*** avec une austérité excessive ». « Ellénore, en un mot, était en lutte constante avec sa destinée » (chapitre 2). Portrait moral qui la pose d'emblée comme une figure de l'aliénation.

Mais voilà que, tombant sous le charme d'Adolphe, sa rigidité cède devant sa passion : elle commence par lui sacrifier sa vertu (devenant sa maîtresse), puis son confort (en quittant le comte). Ceci n'est pas antipathique. L'amour étant souvent ce qui vient déranger l'ordre établi, on peut croire qu'Ellénore se libère enfin des carcans sociaux. Mais elle s'enfonce dans sa démarche sacrificielle : elle renonce à ses enfants (qu'elle abandonne chez le comte), puis à l'aisance financière (en repoussant la fortune que le comte souhaite lui constituer pourvu qu'elle quitte Adolphe, ce qu'elle refuse), puis à son père (qui meurt en Pologne où elle se rend trop tard pour n'avoir pas voulu se séparer d'Adolphe). À ce stade, on ne peut plus s'empêcher d'éprouver une forme de dégoût devant tant d'oblation. Ne reste plus grand-chose dont elle puisse encore se défaire… ou plutôt si : la vie. Elle mourra donc pour libérer Adolphe de sa présence (comme son ultime lettre l'apprend à l'amant et au lecteur), mais non de son emprise, puisque la culpabilité ainsi provoquée n'aura plus de fin – la « préface » (fictive) montre Adolphe brisé à jamais après la relation.

Ainsi Ellénore, en succombant à la séduction d'Adolphe, ne se libère-t-elle pas de ses préjugés : elle change simplement de joug. Elle devient aliénée à son amant, comme elle l'a été à la société. Malgré les apparences, rien ici qui nous rappellerait l'histoire de Tristan et Iseult, où les amants s'adorent mutuellement et prennent ensemble ou séparément des risques. Ellénore est un personnage vampirique qui, entièrement sacrificielle, prive en retour l'autre de sa liberté. Car Adolphe aimerait sans doute la quitter – ou, en tout cas, il aimerait au moins pouvoir vérifier la solidité de ses sentiments par un peu de manque (« J'aurais éprouvé plus de douceur à retourner auprès d'elle, de ma propre volonté », chapitre 4). Et lorsqu'il croit ne plus jamais la revoir, « j'étais étonné de la peine que cette privation me causait », dit-il (chapitre 4). Ah, si elle l'avait laissé libre de ses sentiments, il l'eût peut-être pleinement aimée… Mais elle exerce, par le chantage de ses sacrifices croissants, une emprise dont son infantile amant, qui a « horriblement peur de l'affliger », est bien incapable de se libérer, pour leur malheur commun. Odieuse, cette femme plaintive, mère abusive, qui étouffe l'amant, l'enfant, en lui signifiant sans cesse : « Comme je souffre… Vois tout ce que j'ai fait pour toi… »

On connaît de belles tragédies et des mélodrames poignants dans lesquels la société contrarie l'amour. Mais dans le tête-à-tête douloureux d'*Adolphe*, la société n'apparaît qu'en ombres lointaines, inefficaces. Ses représentants essaient d'intervenir mais le lien (névrotique) est trop bien noué. Il faut accorder toute son importance au fait qu'Adolphe narrateur, analysant rétrospectivement la situation de sa maîtresse lorsqu'elle a abandonné pour lui le comte de P***, ses enfants et sa position sociale si durement acquise, écrit : « Je suis convaincu que, si j'avais eu de l'amour pour Ellénore, j'aurais ramené l'opinion sur elle et sur moi. Telle est la force d'un sentiment vrai, que, lorsqu'il parle, les interprétations fausses et les convenances factices se taisent » (chapitre 5). La société a le cœur tendre, relativement, en ce début de XIXe siècle. Et si elle exerce pourtant sa pression, c'est en premier lieu à travers ceux, comme Ellénore, qui ont intériorisé ses normes. Voilà l'aliénation, et elle est si puissante sur cet esprit étriqué qu'il ne peut y avoir ni arrangement, ni négociation : dans un pur sabordage, la femme brûlera tous ses vaisseaux, se mettant radicalement hors du jeu social. Comme si l'on ne pouvait être que totalement soumise à la société, ou totalement exclue.

Intéressante histoire, n'est-ce pas ? Ellénore est aussi plaintive que culpabilisatrice – modèle archiconnu. Détestable. J'ai dit que nous ne changerons rien à la situation des femmes si nous ne prenons pas en compte dans nos analyses le réel de la vie, de l'amour qui guide souvent nos actes et nos désirs. Or il existe des amours aliénantes. Et d'ailleurs, l'oblation n'est pas l'amour. Il en est un avatar, le résultat d'une abdication qui permet en retour d'exercer son emprise : destins mêlés, notre aliénation est aussi liberticide pour nos tyrans.

J'allais écrire, emportée dans un élan pédagogique, qu'aimer l'amour ne nous dispense pas d'y apporter l'exigence d'égalité et de liberté qui nous meut dans la société, etc. Heureusement, mes sots conseils n'ont pas passé mes touches car j'ai entendu ma sœur protester : et qu'est-ce qu'on y peut, hein, si on est aliénée, si on aime – souvent à notre insu – la soumission ? Bah ! une femme avertie vaut toujours mieux, et quand on sait qu'on répète une attitude névrotique, on la répète quand même, on a mal quand même, mais on en sort un peu plus vite chaque fois. Et puis je voulais surtout suggérer aux mères inconscientes de cesser d'offrir du maquillage et des paillettes aux petites filles dont elles tracent ainsi le destin de victimes – d'elles-mêmes.

*(**Femmes du monde**: On avait appris par la presse que la cour de justice de la Communauté économique des États d'Afrique de l'Ouest venait de condamner le Niger pour esclavage*[1]*. Plus tard on a pu lire les détails de ce procès. Hadizatou Mani, 24 ans, faisait partie de ces nombreux Nigérien(ne)s – 43 000 ? 800 000 ? – dont le sort est fixé à la naissance, esclave, à moins que, comme la jeune femme, ils ne soient vendus enfants pour le prix d'une chèvre. Achetée à 12 ans, Hadizatou a vécu douze ans de corvées et d'abus sexuels, a tenté une centaine de fugues et reçu au moins autant de raclées. Elle avait le statut de* wahiya, *nom donné à celles qui sont, en plus des cinq autorisées par le Coran, femmes du maître. L'histoire un peu longue de sa bataille judiciaire inclut des ONG – dont la doyenne, l'Anti-Slavery International –, des hommes comme Moustapha Kadi qui a écrit contre l'esclavage* Un tabou brisé, *plusieurs procès gagnés puis perdus, des mensonges – le président Mamadou Tandja : « L'esclavage n'existe plus au Niger » –, des lois coutumières qui défont les décisions du code pénal, du courage pour mener cette bataille incertaine. Finalement, l'État devra verser 15 000 euros de dommages et intérêts à la victorieuse Hadizatou qui espère ainsi récupérer ses enfants et acheter une maison et des terres*[2]*.)*

1. *Le Monde*, 29 octobre 2008.
2. Christophe Châtelot, « Pour le prix d'une chèvre », *Le Monde*, 29 avril 2009.

27

Quels hommes sont aimables ?

Ainsi donc, il faut cesser de ne penser aux femmes (à leur émancipation, à l'égalité) qu'en les considérant en elles-mêmes, indépendamment des hommes. Certes, il a d'abord été nécessaire de proclamer, comme le disait un slogan des années 60 ou 70 qui me revient soudain : « Une femme sans homme, c'est comme un poisson sans bicyclette. » À l'époque, cette formule pour le moins excessive avait un sens : elle voulait dire qu'une femme était un être autonome, qu'elle pouvait se réaliser hors de la subordination (du mariage, de la famille, du couple), qu'elle était libre. Mais ma foi, aujourd'hui chacun en est persuadé et il est plus fructueux de réfléchir à la manière de bien vivre ensemble et dans le désir. Nous aimons les hommes et les hommes sont aimables (d'accord : pas tous-tous, mais les femmes non plus). Notre perception de ce qui les rend attirants a changé au fil du temps et la virilité caricaturale n'est plus de mise. Non que les femmes souhaitent priver les hommes de leur puissance (fantasme masculin éculé) : au contraire, le déploiement d'une nouvelle puissance féminine rend d'autant plus nécessaire (et agréable) que nos partenaires la partagent. Rien de plus triste qu'un homme amoindri ou falot. Mais le fait que la virilité vieux style disparaisse ne signifie pas que les hommes y perdent. Au contraire, ils s'accroissent de dimensions nouvelles, comme par exemple l'expression de leur sensibilité.

Dans *Le Dernier Tango à Paris* (1972), Marlon Brando entre dans la chambre mortuaire de sa femme qui, quelques jours plus tôt, s'est suicidée sauvagement. Il s'assoit tout en lui parlant, comme si la parole venait simplement matérialiser le discours intérieur qu'il lui adresse depuis des jours. Régulièrement, il avance sa chaise vers le lit sans que cesse le flux de questions et d'insultes qui finit par le jeter sur son corps inerte, en sanglots.

L'émotion qui me saisit chaque fois devant cet épanchement de douleur extrême n'est pas sans lien avec le personnage viril qu'incarne Brando dans le film : laconisme, beauté, puissance et sensualité auxquels les pleurs confèrent une dimension supplémentaire, comme un accroissement de sa personnalité. L'homme, ainsi enrichi, s'en trouve d'autant plus aimable et devient plus désirable encore.

Autre image, un souvenir de la fin du siècle dernier : lors d'un des tout derniers Grands Prix grâce auxquels il allait une nouvelle fois être consacré champion du monde de formule 1, Mika Häkkinen commit une erreur qui interrompit sa course et mit son titre en péril. Sous l'œil indiscret des caméras, quelques centaines de millions de spectateurs virent ce champion d'un des sports les plus virils qui soient (pas de femme pilote de F1 pour l'instant), virent cet exemple de maîtrise de soi et d'intelligence technique, s'effondrer en sanglots. Le lendemain, dans les journaux, on apprenait que sa femme l'avait trouvé « génial ». Ainsi suggérait-elle que cette capacité de céder aux larmes avait suscité en elle un surcroît d'admiration.

Pendant longtemps, les pleurs masculins se portaient très mal. Les encyclopédies du cinéma (pour rester dans le domaine) rapportent comme les réalisateurs eurent de peine, pendant le tournage d'*Autant en emporte le vent* (1939), à convaincre Clark Gable de pleurer devant la caméra. La scène s'y prêtait pourtant : Scarlett vient de tomber dans l'escalier, elle va faire une fausse couche à cause de lui – de quoi faire verser quelques larmes à l'homme le plus farouchement mâle… Mais comment accepter cette démonstration (fût-elle fictive) de lâcher prise, de perte de contrôle des émotions, ce laisser-aller du corps et du sentiment ?

Où l'on peut mesurer, de trente ans en trente ans, l'évolution des représentations de la virilité : en 39, vives réticences de Clark Gable ; en 72, sanglots de Brando dans le deuil ; en 99, pleurs de Häkkinen pensant que le titre mondial va lui échapper… Encore un effort, citoyens, et bientôt il ne sera même plus nécessaire d'être un héros pour avoir le droit de pleurer (n'est-ce pas déjà le cas, d'ailleurs ?). Et ce qui me frappe dans les deux derniers exemples, c'est à quel point les larmes ajoutent au charme du personnage. Homme accru de ses larmes. La virilité de Brando, celle de Häkkinen ne sont pas affectées par leur abandon à l'émotion, elles en sont au contraire exaltées.

Ainsi, quand je veux évoquer ce qui rend selon moi un homme séduisant aujourd'hui, s'avancent un Dionysos mélancolique, un chevalier attristé et un Maori transi (*La Leçon de piano*). Non que j'aime voir pleurer les hommes : leur joie m'est chère et les larmes ne sont qu'un exemple pour illustrer mon propos – je préférerai toujours le bonheur. Mais les attitudes qui révèlent une certaine *féminisation* de leurs comportements (« Pleure donc pas comme une fille ! ») m'apparaissent comme un gain dans la gamme des battements de l'être, d'où résulte non un fléchissement de la virilité mais un surcroît de la séduction.

Il paraît que les féministes américaines reprochent aux Françaises leur indulgence envers les hommes – on serait bien trop gentilles avec eux. Il est certain que le mythe du cow-boy viriloïde ayant peu prospéré parmi nos compagnons, ils nous paraissent bien plus aimables que les leurs (ou moins insupportables). Mona Ozouf a souligné que le féminisme français se signalait par un air de tranquillité et de mesure[1]. Elle imagine plusieurs raisons à ce fait, dont la « culture de la mixité » (dont s'étonnaient déjà les voyageurs étrangers sous l'Ancien Régime), puis la récupération de la civilité aristocratique par la République. Et j'ajouterai que, peut-être du fait de ce commerce paisible et ancien entre les sexes, nous aimons tout simplement les hommes et admettons sans façon notre désir. Supprimez cet attrait et c'est en effet la guerre de toutes contre tous.

---

1. Mona Ozouf, *Les Mots des femmes. Essai sur la singularité française*, Paris, Fayard, 1995, édition augmentée en 1999.

28

Messieurs, soyez beaux

Et pour qu'on continue de vous aimer, habillez-vous, soignez-vous, prenez garde à ce ventre qui menace votre bel équilibre vertical (la beauté d'un ventre masculin musclé, il faudrait savoir en parler), messieurs, s'il vous plaît, soyez beaux. J'ai longtemps voulu écrire un petit essai qui aurait ce titre. Vous n'imaginez pas comme, au XXe puis au XXIe siècle, le désir des femmes mûrissant, elles ont pris goût à votre beauté, elles aussi. Il était bien commode, avant, de ne séduire qu'avec son pouvoir, sa réussite sociale, sa voiture, ses succès professionnels. Ah, toutes ces jeunes femmes qui se laissaient conquérir par des vieillards ventripotents mais socialement puissants. Aujourd'hui, messieurs, que la puissance est aussi une ambition féminine (nous aussi nous avons envie de réussir dans le monde), plus que jamais vous devez nous offrir un corps désirable. J'ai souvent été frappée, en observant une assemblée à la terrasse d'un café, un jour ensoleillé, de voir combien y étaient nombreuses les femmes séduisantes, tous âges confondus, tandis que si peu d'hommes faisaient plaisir à regarder. Les femmes, quel que soit leur capital physique, en prenant soin de leur apparence se rendent, par ce simple souci, désirables : messieurs, faites-en autant. Je vous assure qu'il y a des hommes laids qui savent se porter au mieux d'eux-mêmes, corps tenu, élégance, et c'est un incontestable facteur de séduction, qui transcende et fait même oublier un physique initialement ingrat.

Tiens, voici un chapitre qu'il y a seulement un quart d'heure je n'avais pas prévu d'écrire. Je continue un peu. Les hommes ont trop beau jeu de croire que les femmes ne les aiment pas physiquement. J'apprécie la puissance, sociale, symbolique, de mes partenaires (au moins en tant que manifestation de leur énergie vitale). Mais j'ai été folle un jour d'un téton. Bien sûr, cela me paraît étonnant à présent. Un téton d'homme – assez insignifiant, non ? Non. Nous aussi, dans le grand désir, nous pouvons aimer un corps d'homme dans le détail.

Me suis-je égarée ?

29

Éloge de la pénétration

Sur les murs du troisième étage d'une université que je connais bien, on apprend par un graffiti que « 100 % des femmes sont clitoridiennes ». Juste rappel, peut-être rageusement griffonné par une jeune fille qu'irrita un soir l'inhabileté d'un partenaire pressé. Je me suis toujours demandé de quel sexe était l'esprit facétieux qui a un jour ajouté au-dessous : « pour seulement 11 % des hommes ». Rien n'explique que ce graffiti continue d'échapper à la vigilance de l'administration, pourtant tatillonne sur le chapitre des murs, sinon peut-être son humour délicieux (ou la composition, largement féminine, des équipes de nettoyage ?).

La difficulté de parler de sexualité : autant d'individus, autant de configurations du désir. Mais, en deçà des nuances offertes par le large éventail de nos histoires psychiques individuelles et de nos imaginaires, une des constantes du désir repose sur la distinction des sexes – expression que je choisis, on s'en souvient, pour mieux exprimer l'idée qu'il ne s'agit pas seulement de différence anatomique mais de perception globale de l'altérité telle qu'elle se construit à travers la relation. Distinction des sexes : pour l'instant. Car je ne veux pas m'avancer, on l'aura compris, on aura compris que je tiens la féminité (et la masculinité), même si elles sont assises sur des données corporelles, pour de pures constructions historiques. Mais pour aujourd'hui, je vois mal comment on pourrait contester la part fondamentale prise par la distinction des sexes dans le désir. Sauf à penser dans l'abstrait, sauf à raisonner comme si le désir obéissait à nos idées et non à une source immaîtrisable. La catégorie des objets potentiellement désirables, pour moi, est constituée par la moitié de l'humanité, les hommes. De ce sous-ensemble, tous les éléments ne me plaisent évidemment pas. En somme, pour être objet de mon désir, il est nécessaire mais non suffisant d'être homme. La distinction des sexes ne suffit pas, mais joue à plein[1].

Certains aujourd'hui se désolent, à juste titre je crois, d'un malaise dans la sexualité qui se marque non par un refoulement du sexe mais au contraire par sa promotion. « Couchez, couchez, ça n'est pas grave… » Une société de consommation sexuelle ne me paraît pas nécessairement plus libertaire que son

1. Le désir homosexuel ne correspond évidemment pas à une annulation de la distinction des sexes car l'homosexuel(le) sait très bien et sans ambiguïté ce qu'il désire : il n'est pas attiré par n'importe quel sexe (ce qui équivaudrait à la confusion des sexes) mais par le même sexe morphologique. Là encore, la notion d'orientation sexuelle aide à lever certaines ambiguïtés.

ancêtre répressive, surtout si comme la nôtre elle est fondée sur un narcissisme omniprésent qui incite aux plaisirs mous. Certains déplorent aussi les discours qui mettent en accusation la « sexualité génitale adulte » à laquelle sont préférées des pratiques plus *soft* – caresses et suggestions (les féministes américaines : très radicales sur ce plan). Je ne sais trop si la sexualité zen a le moindre avenir. Ce que je sais, c'est que la distinction des sexes se marque, *dans le réel des corps*, par le fait que l'un des deux possède un pénis, et que la sexualité adulte consiste, *dans le réel de la rencontre*, en la pénétration notamment[1]. On ne prend pas assez en considération cet… événement. Pourtant ce n'est pas rien. Un homme est couché sur une femme (une femme chevauche un homme), son sexe (à lui) pénètre son sexe (à elle), et on pourra raconter tout ce qu'on voudra, on pourra changer (enfin) les rôles sociaux, recourir à la procréation artificielle, modifier les systèmes d'union ou de filiation – restera toujours ceci, un corps qui pénètre un autre corps, un homme qui pénètre une femme (généralement).

J'ai dit *événement* pour insister sur la violence et la gravité de la pénétration. Tu entres dans mon corps, tu t'y fraies un passage : chose incroyable et qui n'est pas qu'une aventure physique. Parce que nous sommes des corps-esprits, en un seul mot, faire intrusion dans l'intimité du corps de l'autre s'accom-

1. Notamment, mais pas seulement, puisque 100 % des femmes sont *et restent* clitoridiennes comme on l'apprend dans les bonnes universités.

pagne d'un profond écho psychique chez les deux partenaires. Bien sûr, j'échouerai sans doute longtemps (toujours ?) à le décrire parce que, comme toutes les sensations du corps mais plus encore les sensations-sentiments, celle-ci résiste à la mise en mots et ne peut être approchée que par métaphores et analogies. C'est d'ailleurs pourquoi l'érotisme est un tel enjeu pour les écrivains : sauf à se contenter de raconter, comme il est fréquent, des « scènes », c'est-à-dire des choses vues depuis l'extérieur, narrer les miroitements du sentiment-sensation est d'une difficulté sans pareille, et les tentatives sont rares de restituer de l'intérieur ce qui est, comme tant de secrets communs, tout à la fois banal et extraordinaire. Alors je ne saurai dire en quelques phrases ce que c'est que l'événement de la pénétration. La plupart des femmes et une partie des homosexuels savent de quoi je parle.

J'ai été très intriguée le jour où j'ai appris que le joli conte que nous connaissons sous le titre de *La Belle et la Bête* possédait de nombreuses variantes à travers le monde, en Afrique, en Asie, car cela pourrait bien signifier que ce qu'il nous révèle de la sexualité est universel. Le conte nous dit que c'est seulement lorsque l'amour les saisit que les jeunes filles ne voient plus un monstre bestial dans l'homme qui les désire mais un beau prince, comme si la sexualité, pour elles d'emblée inquiétante et repoussante, devait être apprivoisée par le truchement du sentiment. Qu'est-ce qui pourrait donc faire peur, dans la sexualité, et ne faire peur qu'aux filles, si ce n'est la pénétration, cette effraction psychique qui vient de ce qu'on est atteinte dans la profondeur de son corps, là où personne, jamais, hormis dans cet acte, n'a accès[1] ?

Non, ce n'est pas rien. Et c'est aussi, pour la plupart des femmes, une immense joie, un plaisir sans pareil, car si je te désire, je désire que tu te glisses sous ma peau, plaisir merveilleux, mystérieux aussi, oui, même pour celle qui l'éprouve, il est mystérieux ce sentiment d'être *prise*. La pénétration ne résume pas l'acte sexuel – qui nous met entre soi et l'autre, hors de soi et au plus près, dans une communion miraculeuse, dans une intelligence de l'autre qui est l'humanité même[2] – mais elle en est un moment capital où se manifeste, dans le réel du corps-esprit, la distinction des sexes. Ce que je ne sais pas : quelles répercussions peut avoir cet événement psychique où l'on se sent… comment dire ? fragile ? abandonnée ? Je n'aime pas trop que Freud l'évoque à travers l'expression de « lutte des sexes » ou Ferenczi par celle de « défaite du sexe féminin dans l'affrontement amoureux »[3] : par ces mots, ils donnent de l'étreinte une représentation trop guerrière. Mais il me semble que

---

1. Cela, peut-être, explique-t-il que certaines n'aiment pas, ou pas tant que ça, la pénétration. Goûts, dégoûts et tous leurs entre-deux : il n'y a pas d'unanimité à l'horizontale.

2. L'idée, qu'on trouve parfois chez les théoriciens des *gender studies*, que la sexualité hétéro serait vouée à des fins de reproduction de l'espèce, tandis que les autres orientations sexuelles témoigneraient de l'inventivité et de la liberté humaines, montre une nouvelle fois que nul n'est à l'abri des constructions idéologiques.

3. Sigmund Freud, « Les théories sexuelles infantiles », *op. cit.*, p. 23. Sándor Ferenczi : c'est une reformulation trouvée dans un article de Christian David, « Glossaire de *Que veut une femme ?* », *in Que veut une femme ?*, *op. cit.*, p. 25.

cette disposition du corps féminin à être pénétré permet de répondre à plusieurs questions, comme :

Pourquoi les femmes mettent-elles (pour l'instant) plus de sentiment dans le sexe que les hommes (qui peuvent aisément n'en mettre pas du tout) ? Pourquoi les jeunes filles libérées qui se rendent à des *blind dates* et autres rendez-vous de pure consommation sexuelle en reviennent-elles souvent cabossées ? Pourquoi, malgré les progrès de la libération des femmes, 90 % des personnes prostituées sont-elles des femmes et la quasi-totalité des clients des hommes ? Au-delà des constructions sociales – capitales, je l'ai dit, et je ne compte pas les minimiser à présent mais réfléchir aussi à la matérialité des corps –, j'aurais tendance à imaginer (à conjecturer) que si les hommes se comportent souvent comme des prédateurs et les femmes comme des proies, c'est aussi pour cette raison morphologique que le sexe des premiers peut pénétrer celui des secondes. Ici ma sœur s'exclame : « Tiens, la voilà celle-ci ? Tu nous ramènes donc, après avoir essayé de congédier les déterminismes biologiques, un déterminisme morphologique ? » C'est que je m'efforce de chercher cette fameuse « irréductibilité » de la différence des sexes et que, la cherchant, je ne la trouve que dans deux événements qui surviennent au corps *réel* : l'un, qui n'engage pas la relation, est la grossesse suivie de l'accouchement (mais pas la filiation ni le maternage, ni rien de ce qui concerne l'attribution et l'élevage des enfants, qui relèvent du social) ; l'autre, qui met en jeu l'homme et la femme ensemble, dans leur relation la plus concrète, est la pénétration.

Mais qu'en conclure pour l'avenir des femmes ? Comment savoir si ces deux faits ont des répercussions sur la *pensée* des femmes ? S'ils déterminent leurs comportements ? Leurs affects ? Comment savoir ce qu'il en serait si l'ensemble des représentations sociales n'était pas ce qu'il est pour l'instant, infléchissant ces faits dans un sens (défaite, lutte, oblation) plutôt qu'un autre (partage, jeu, moment – car la pénétration n'est qu'un *moment* de l'étreinte, laquelle n'est pas qu'abandon féminin) ? En l'absence de réponse certaine, ici encore je préfère adopter l'hypothèse la plus généreuse, celle qui laisse ouverts le plus de possibles dans la destinée des femmes : que ces deux faits n'ont pas tant de conséquences, et en tout cas pas assez pour que les femmes *pensent* différemment des hommes, ce qui signifie que tout leur est, autant qu'à eux, possible.

30

Les corps libéraux

On peut imaginer que cette pensée *queer* diffuse, qui se passionne pour les corps ambigus et dénie la différence des sexes, ou qui promeut le changement de sexe à volonté, ne soit qu'un symptôme de la société actuelle, en proie à un fantasme de toute-puissance et à un mouvement de régression infantile qui laissent croire qu'il n'y a pas de limites, qu'on est resté pervers polymorphe, que la sexualité n'est qu'une manière de se faire plaisir et non pas, aussi, de rencontrer l'autre, qu'elle se consomme comme on consomme la planète, en toute désinvolture, sans engagement psychique et sans conséquences. Et peut-être faut-il aussi tenir compte d'une sorte d'hystérisation générale qui incite à rechercher fébrilement tout ce qui a l'air transgressif (l'air seulement), et à trouver jouissif l'exhibition des corps (et des discours sur les corps), de telle sorte par exemple qu'il est souvent fait *publicité* de son orientation sexuelle (qui relève du domaine *privé*). Mais peut-être ai-je tort et manqué-je d'imagination : car il est vrai que je ressens une défiance à l'égard des discours libéraux-libertaires qui, prétendant « déranger » l'ordre social, ne font qu'y introduire une bien-pensance nouveau style – les briques des *queers* –, or la défiance limite aussi parfois l'envol de la pensée…

Dans le même ordre d'idées, je m'étonne de trouver, sous la plume de féministes respectables, des éloges de la prostitution comme activité libératoire. Se figurer que le *privilège* de livrer son corps au premier venu, le client, témoignerait d'une quelconque liberté me paraît d'une grande ingénuité. Pour une Grisélidis Réal qui trouvait, je n'en doute pas, son plaisir dans la prostitution, combien de milliers de filles pour lesquelles il s'agit juste du dernier choix, voire de pas de choix du tout, d'un esclavage au profit d'un souteneur ? On ne me fera pas croire que vendre sa force de travail, quelque ennuyeuse et peu épanouissante que soit l'activité à laquelle on se livre, équivaut à vendre son corps – ou alors c'est qu'on néglige furieusement les répercussions psychiques de l'acte sexuel et la dimension sacrée du corps, et disant *sacrée*, je veux parler non du caractère religieux du corps mais de son lien continu et irréductible avec le psychisme – ce qui justifie par exemple qu'on condamne la torture et l'excision, ou qu'on considère le viol comme un crime[1].

1. Hors toute considération de morale puritaine (à laquelle je n'ai jamais souscrit), j'ai du mal à penser que, dans l'ordre des échos psychiques, prendre une verge dans sa bouche n'a pas plus d'importance que rendre la monnaie à une caisse de supermarché. Les organes génitaux ne nous font pas le même effet que les autres parties du corps,

La liberté consiste à faire l'amour quand on veut, avec qui l'on veut et comme on veut – pas à marchander son corps ; la liberté d'esprit consiste à chasser les restes de culpabilité attachée à la sexualité – pas à se figurer qu'elle serait une activité insignifiante.

Là encore, il ne faut pas prendre un état de fait pour une vérité humaine éternelle. On va répétant que la prostitution est « le plus vieux métier du monde », comme si cette ancienneté, l'inscrivant dans l'humanité même, la justifiait. La prostitution a exactement le même âge que la suprématie masculine et durera, sous sa forme actuelle, c'est-à-dire quasi exclusivement féminine, ce que durera cette suprématie, c'est-à-dire tant que se perpétueront des sociétés inégalitaires. Tant que les femmes seront infériorisées, les hommes marchanderont leur corps et il y aura des clients pour acheter ce qu'ils ne possèdent pas ou dont ils veulent posséder plus. Surtout, tant que les femmes connaîtront une sexualité bridée (comme elle continue de l'être, j'y reviendrai), qui les incite à concevoir l'étreinte comme un don qu'elles consentiraient au lieu d'être elles-mêmes demandeuses, les hommes les convoiteront comme on désire presque immanquablement ce qu'on n'est pas certain d'obtenir, et ils seront prêts à payer, s'il le faut, ce consentement. Parions que si un jour l'égalité et la liberté règnent vraiment dans

c'est ainsi, pour l'instant et ici ; ça changera peut-être – mais ça n'a pas changé encore. Concernant le lien de la libération et de la prostitution – restons prudemment dans la note de bas de page –, je comprendrais mieux, à la rigueur, que ces féministes encouragent, maintenant qu'on dispose du Viagra, le développement d'une prostitution masculine…

les comportements sexuels, la prostitution deviendra anecdotique… et mixte.

Ce que je viens d'écrire – me dis-je en me relisant – est de mauvaise méthode : idéaliste. La prostitution disparaîtrait peut-être dans une société égalitaire, mais de fait elle existe, partout dans le monde, et elle ne disparaîtra pas de sitôt : pensons-la donc concrètement. D'autant qu'il ne me viendrait pas à l'esprit de tenter de faire interdire la prostitution (ni de pénaliser les prostituées ou leurs clients). J'essaie juste, d'une part, de m'opposer à deux types de discours – celui qui consiste à exalter la prostitution, et celui qui, niant l'importance du désir, cherche à banaliser la sexualité – et j'essaie d'autre part de cerner les liens, aussi anciens qu'intimes, de la prostitution avec la sujétion des femmes.

D'abord, ne faisons pas comme celles qui défendent un principe (la liberté de se prostituer) au lieu de prendre en compte un fait (la misère de la prostitution) : car pour une femme qui choisit la prostitution, mille sont esclaves (c'est fâcheux pour la discussion mondaine, mais il faut s'y faire ; du reste il en va souvent ainsi avec le réel). Or, pourquoi admettrait-on l'esclavage ?

Quels sont les arguments en faveur de la prostitution ? L'une dit que son utilité sociale est la « déliaison » : foin des manières, des palabres, des sentiments, on couche, satisfaisant ainsi sa pulsion, et comme on paie on est quitte. Mais il me semble qu'on parle là du bénéfice qu'en tirent les clients (hommes), pas les femmes prostituées, qui n'y gagnent pas de rapports déliés mais seulement de l'argent. Et pourquoi n'y a-t-il pas (pas assez pour qu'on en parle) de prostitution masculine, qui satisferait pareillement les femmes esseulées ? Elles n'auraient donc pas de pulsions, elles ? C'est là, à mon avis (et renonçons à la prudence des notes de bas de page), l'impensé de cette affaire : on ne s'étonne jamais qu'il n'existe pas de véritable mixité dans la prostitution. Je suis d'accord pour qu'on puisse traiter ses pulsions sans manières, tout à fait d'accord, c'est ce que font nombre d'homosexuels dont les pratiques sont plus libérales que celles des hétérosexuels. Mais pourquoi payer ? Et pourquoi les femmes ne peuvent-elles pas se payer des hommes ? Que révèle ce fait sur l'inégalité sexuelle ? Les propos militants des unes et des autres ne changeront rien au fait que d'une part la sexualité des femmes est pour l'instant ce qu'elle est (c'est-à-dire encore tellement bridée qu'elles n'ont guère de franches pulsions – même si cette situation change heureusement à grande allure), et que, d'autre part, vendre son corps, de quelque manière que ce soit, n'a encore jamais été valorisé nulle part, de sorte que celui qui le fait encourt le mépris. Or, pourquoi admettre l'humiliation ?

Certains raisonnements posent la prostitution *simplement* comme la forme paradigmatique de la contrainte professionnelle : après tout, nous exerçons souvent des métiers qui nous déplaisent (voire nous répugnent), pourquoi pas celui-ci ? Eh bien d'abord parce que l'éboueur, la plupart du temps, est certes désolé d'exercer ce métier qui ne lui fait pas plaisir et même lui déplaît : mais il ne lui fait encourir ni l'opprobre général ni la perte d'estime de lui-même. La prostitution si. Je veux dire que quand une femme se prostitue, dans à peu près n'importe quelle société, elle sait, elle sent, quoi qu'elle puisse se raconter à elle-même, qu'on la juge dégradée par cette pratique. Et il n'y a pas d'essence de la prostitution planant, abstraite et pure, au-dessus des représentations concrètes, à laquelle elle pourrait se raccrocher. Comment pourrait-on défendre une pratique aussi largement défavorable à l'estime de soi[1] ?

Et puis, *intellectuellement*, la révolution sexuelle est accomplie. Comme toujours, sur ces plans délicats, les pratiques et même les représentations sont en retard sur les idées, mais les normes sexuelles sont, si ce n'est renversées, au moins généralement suspectes, et si, contre un modèle étouffant, il a longtemps fallu contester les préjugés pour émanciper les conduites, ce travail est fait. Il y a des idées (une femme sans homme, c'est comme un poisson sans bicyclette) qui ont une validité pragmatique à une certaine époque mais qui se périment vite. Peut-être qu'à un certain moment du XXe siècle, applaudir la prostitution permettait de contester radicalement un ordre sexuel opprimant. Mais aujourd'hui, cela revient à louer de

1. On nous donne en exemple la jeune étudiante maligne qui se prostitue occasionnellement pour financer ses études (et sans doute choisit soigneusement ses « clients »). Dites, vous trouvez ça suffisamment représentatif de la prostitution dans le monde et même en France pour aider à la réflexion ? (*in* Marcela Iacub, *Qu'avez-vous fait de la libération sexuelle ?*, Paris, Seuil, « Points », 2007). J'ai peut-être tort, mais je ne parviens pas à considérer le corps comme un capital qu'il convient de faire fructifier. Comme un corps libéral.

nouveaux comportements, libertaires, en omettant qu'ils sont englués dans un cadre ancien, le plus sexuellement inégalitaire qui soit. Alors, au lieu de dénoncer des normes dépassées, il vaut mieux réfléchir à l'idée de la femme, de l'humain et de la liberté qu'on veut défendre.

La discussion sur la prostitution est sans fin, aussi vaine que celle qui met parfois aux prises un croyant et un athée, car elle oppose des croyances inconciliables. Par exemple, Marcela Iacub pense que la réprobation qui frappe la prostitution « n'est soutenue par rien sinon par le caractère impensable de l'inscription du rapport sexuel dans le régime commun des relations humaines[1] ». *Le régime commun des relations humaines* : le « c'est pas grave », en somme... Je crois que faire l'amour engage plus sa personne que se livrer à des travaux de couture ; je crois que faire l'amour, au-delà de la satisfaction sexuelle qui n'est pas rien mais qui n'est pas tout, nous intéresse passionnément parce que nous y rencontrons un autre (et je ne parle même pas d'amour et encore moins de lien stable, je parle simplement du désir, de ce mouvement de l'être – corps-esprit – qui à la fois se rassemble comme rarement et cherche aussi, pour un moment, à rencontrer un autre être, et le rencontre, et jouit de cette expérience merveilleuse de la connivence dans l'altérité, même pour une seule nuit, même avec un inconnu de passage).

---

1. Marcela Iacub, *Le crime était presque sexuel, et autres essais de casuistique juridique*, Paris, Flammarion, « Champs », 2002, p. 26.

Il n'y a rien de neuf dans l'attitude de dénégation qui incitait à dire, vieux style (et sottise rationaliste), que l'amour n'était pas grand-chose, pas sérieux, pas important et bon pour les midinettes, et qui consiste à tenir, aujourd'hui, le même type de discours dépréciateur sur le désir. Elle m'évoque immanquablement les propos contre la fiction, *inutile*, *légère*, *inconsistante*, *pas sérieuse* – comme si nous avions la moindre chance d'être ce que nous sommes sans elle, comme si ce n'était pas grâce à elle, aussi, que nous apprenions à tenir debout sur la terre. Je suis persuadée que si un jour nous vivons dans une société où la sexualité n'a pas la place fondamentale que la psychanalyse lui prête dans la construction de l'être humain, dans une société (dépressive) où les ardents plaisirs du sexe sont remplacés par les plaisirs mous du doudou et de la maigre *satisfaction*, où le désir perd la place centrale (vitale) qu'à tort ou à raison je lui attribue, alors en effet il n'y aura pas de raison de refuser la prostitution. En attendant…

En attendant, et pour être pragmatique, il faut penser à organiser concrètement la prostitution car l'urgence est de combattre l'esclavage sexuel et les dangers multiples que courent les femmes prostituées. Je me montre peut-être pour une fois pessimiste en n'imaginant pas qu'on éradique un jour la prostitution… mais il me paraît plus efficace d'encadrer une activité pour l'instant inévitable, si profondément désolante soit-elle, que de l'abandonner à la jungle des souteneurs et des clients dangereux. Alors protégeons les prostituées.

31

De la séduction

Nous passons dans la ville que le printemps illumine, les corps se découvrent, la joie détend le pas, la douceur de l'air et la longueur des jours suscitent une alerte érotique qu'on devine sur tous les visages. Alerte érotique : elle ne connaîtra pas nécessairement de résolution dans un acte, elle n'assure pas qu'un homme (une femme) sera distingué(e) et élu(e) dans la foule. Mais elle rôde, elle dit la disposition au désir. Les hommes regardent (puisque – pour l'instant ? – la pulsion scopique est plutôt leur affaire[1]), les femmes vibrent sous la caresse des yeux, répondent par un clignement des paupières, *vous accompagner ?*, *vous offrir ce verre ?*, *je crois que nous nous connaissons*, *vous habitez le quartier ?*, ici et là des invitations sont

1. On pourrait gloser sur cette pulsion de regarder, qui laisse l'objet du regard libre et *intègre*, mais qui mènerait, disent certaines, à celle de prendre (violer), car elle serait, prétendent les Américaines, inscrite dans un même mouvement. Voilà à quoi je ne crois pas, ou vive la burqa !

lancées. Ainsi se joue, pour l'instant, ce petit théâtre de suggestions et de sollicitations, d'esquives et d'offrandes qu'on appelle la séduction.

Il faut bien admettre qu'on n'a pas beaucoup évolué sur le plan des protocoles de séduction : l'homme propose et la femme dispose, peut-on encore affirmer. Essayez d'entreprendre un bel homme dans un café ou une soirée : il y a de grandes chances pour que votre audace le fasse fuir. Femme trop libre inquiète. Les façons de séduire sont des mises en scène ritualisées de la rencontre et de la sexualité, et elles se présentent comme un puissant révélateur de la hiérarchie des sexes. Approche, invite, expression de la proposition, initiatives, mots : toutes les étapes de la séduction témoignent sans ambiguïté des rapports de pouvoir entre les sexes. Voilà encore un domaine où nos belles (dé)constructions se montrent fragiles face à la réalité des situations, et l'on ne peut agir (et réagir) qu'avec prudence : il ne faudrait pas balayer, d'un geste émancipateur-éradicateur, ce jeu qui est une condition de possibilité du désir et de sa réalisation.

Fort heureusement, on peut conjecturer sans risque que sur ce terrain aussi les conduites changeront, comme elles l'ont déjà beaucoup fait[1]. Le partage des rôles dans l'entreprise de séduction n'est pas figé. On a bien vu, depuis la fin du XVIIIe siècle – époque à laquelle le terme a commencé à acquérir

1. Lire par exemple l'article de Florence Rochefort, « La séduction résiste-t-elle au féminisme ? (1880-1930) », *in* Cécile Dauphin et Arlette Farge (dir.), *Séduction et Sociétés*, Paris, Seuil, 2001.

une valeur positive (auparavant, le grand Séducteur, c'était toujours Satan) –, combien les mœurs avaient changé. Il reste sans doute quelque chose de cette pudeur, tant réclamée aux femmes, dans la position de relative passivité qu'on attend encore d'elles. Mais demain… Et les bouleversements dans les rôles n'enlèveront rien aux femmes, car ils iront de concert avec l'égalité. Depuis le *Grand Larousse* du XIXe siècle qui disait, condescendant : « Tout le monde n'est pas encore convaincu que la femme doit renoncer à charmer l'homme par sa douceur, par sa grâce, par sa beauté, pour se faire admirer de lui par l'éclat seul du génie », on a vu ces spirituelles avocates et ces savantes doctoresses contre lesquelles pestait le *Grand Larousse* rester belles et en charmer plus d'un… Car l'intelligence est érotique (pour les hommes intelligents, bien entendu).

Parenthèse en faveur de l'indulgence (maître mot, lui aussi, on l'a compris : parce que nous aimons les hommes, nous sommes pleines d'indulgence) : bien sûr, il y a manière et manière de séduire. Mais soyons gentilles face aux propositions (lorsqu'elles sont délicates) et sachons, s'il faut les repousser, le faire sans violence : en premier lieu parce que exprimer son désir expose à un risque (narcissique) considérable, et il faut donc être reconnaissante envers celui qui l'affronte. Le jour prochain où nous aurons nous aussi à prendre l'initiative[1]… Et en second lieu

1. Souvenir d'intimidation : pendant longtemps, je suis allée travailler à la Bibliothèque nationale rue de Richelieu, haut lieu de sociabilité où l'on retrouvait les mêmes visages quotidiennement. Un

parce que nous sommes bien conscientes que nous avons dans ce petit jeu un autre avantage (que nous ne perdrons jamais, celui-là) : il ne doit pas toujours être si confortable pour les hommes, n'est-ce pas, d'entrer dans le jeu de la séduction alors qu'on sait (ou du moins qu'on redoute) qu'après tout, avec cette machine imprévisible, enfin, justement, ce n'est pas une machine, hein… on pourrait très bien ne pas bander tout à l'heure. Cruelle obligation masculine…

---

jour qu'elle était assise à la place voisine, j'ai voulu faire la connaissance d'une jeune femme que certains de mes amis fréquentaient et que je pensais intéressante. Je me suis dit : « Allons, ce n'est pas grand-chose, elle m'a vue souvent, je vais aller me présenter et lui parler. » Je me rappelle encore les battements de cœur et la timidité qui m'ont empêchée de mener à bien cette simple démarche amicale.

32

Comment vieillir ?

Avec toutes nos obligations, *soyez belles, soyez désirables*, avec tout notre propre désir d'être désirables, comment vieillir ? Comment prendre ce camouflet du temps, ces injures lentes puis qui s'accélèrent ? Je ne sais pas. Voilà une séquence qui ne répondra rien à la question posée (j'avais prévenu : souvent je n'ai pas de réponse) et qui se contentera de la déployer.

Je me rappelle qu'un jour, j'étais assez jeune, j'ai rencontré une femme qui venait d'avoir cinquante ans (ou qui évoquait sa cinquantaine, déjà entamée, je ne m'en souviens plus) et qui disait combien elle en était soulagée. « Enfin, être débarrassée de tout ça ! » Tout ça : la séduction, la tristesse de n'être peut-être pas assez belle, la nécessité de l'être pourtant, la confrontation au désir masculin. Tout ça. J'en ai éprouvé de la peine pour elle (pour ce que cela disait de son rapport difficile avec la féminité, avec la beauté, et, partant, de son rapport avec le désir), mais je la comprenais aussi.

Comment, à l'inverse, supporter que *tout ça* disparaisse, qu'il faille passer de l'autre côté de la vie amoureuse, qu'aucun regard masculin ne s'attarde plus, ne nous distingue plus dans la multitude ? Comment supporter d'être finalement exclue du grand frisson désirant qui traverse la foule ? Et surtout : que faire de notre propre désir ? À la puissance on trouve toujours des substituts : pas à la séduction, qui se perd sans remède. Alors soyons puissantes, mes sœurs, parce qu'ainsi s'entretiendront la joie de vivre et le feu.

Deux changements arrivent concomitamment (j'en parle en femme, mais les hommes connaissent aussi le premier). Un beau jour vous vous apercevez que les jeunes hommes ne vous regardent plus. (Un souvenir me revient soudain. Une fois, je n'avais pas quarante ans, un très jeune homme dans la rue m'a fait du gringue, avec un certain culot – trouvai-je. Comme j'apprécie l'audace et crois, comme je viens de l'écrire, qu'il faut traiter avec respect celle des hommes auxquels les normes sociales imposent encore de supporter seuls l'entreprise de séduction, j'ai un peu bavardé avec lui. Il m'a donc expliqué, au bout de quelques phrases (je devais m'étonner de sa jeunesse conquérante), qu'il aimait « les femmes mûres ». Ça m'a fichu un petit coup. Bon, voilà où j'en étais. Séduisante (pour lui) mais (ou *et*) mûre. Fin de parenthèse.

Le deuxième changement survient dans le rapport social : on se met à vous appeler parfois *madame*, parfois *mademoiselle*, puis, progressivement, toujours *madame*. Bon. Miroir des mots.

Nouvelle parenthèse : je suis farouchement contre cette absurde distinction du madame et du mademoiselle. Il faut la supprimer d'urgence. Non parce qu'elle indique l'âge (c'est une conséquence mineure), mais parce que sa fonction est de marquer la disponibilité sur le marché sexuel (elle n'a d'ailleurs pas d'équivalent chez les hommes). Une demoiselle est un corps à prendre, tandis qu'une dame a déjà trouvé son maître et propriétaire. Quoi de plus dégradant d'ailleurs, ou du moins grotesque, que le *mademoiselle* adressé aux dames âgées célibataires ? Nous n'avons pas à répondre lorsqu'on nous demande « Madame ou mademoiselle ? ». Disponible ou pas ? Cela ne te regarde pas, mon coco. Et si, d'aventure, je voulais être disponible pour toi, j'aurais bien l'occasion de te le signifier. Le seul problème : quel mot français trouver qui corresponde au « miz » des Anglo-Saxonnes, qui est si parfaitement, phonétiquement, dans l'entre-deux ?

Je trouve que les hommes vieillissent bien, en général (et compte non tenu du ventre). C'est-à-dire en fait que leur vieillissement physique est beaucoup mieux toléré que celui des femmes. Cherchez donc, sur les affiches et les photos, un mannequin masculin qui n'aurait pas de pattes-d'oie (à part dans les publicités de vêtements pour enfants). Et le reste à l'avenant. Il faut que les hommes soient vraiment âgés pour que l'expression de leur désir (très tôt choquante chez une femme mûre) devienne un peu ridicule.

Le jeunisme nous coûte très cher (narcissiquement), mais l'on n'est pas près d'en sortir, même si les corps vieillissent de plus en plus tard. (Je me souviens d'un magazine branché, dans les années 80, qui fit une de ses premières couvertures avec cette déclaration provocatrice d'un des journalistes (en substance) : « Cette femme a cinquante ans et je la désire. » Aujourd'hui cela ferait sourire.) L'absence de case, dans nos cerveaux, qui nous permettrait d'accueillir le phénomène du vieillissement, n'est pas si récente. Un jour ma grand-mère m'a avoué, avec une sorte d'étonnement scandalisé : « Tu vois, j'ai quatre-vingts ans, hein ? Eh bien, à l'intérieur, je ne me sens pas de cet âge. Je ne comprends d'ailleurs pas que j'aie quatre-vingts ans, ni comment cela a pu arriver... » Drôle de civilisation, la nôtre, qui ne nous fournit plus les moyens, intellectuels et affectifs, d'admettre cette évidence : nous allons vieillir. Et mourir.

33

Le chapitre qui manque

Soudain je me dis : et l'amour, donc ? C'est drôle comme on parle peu d'amour dans les écrits féministes. Moi-même m'en suis bien gardée, à quelques dérapages près – l'accolant à « libre », ou bien l'arrimant solidement au désir sexuel. Dire qu'on aime les hommes et l'amour serait-il une forme d'aliénation ? Les unes sont tellement en colère et les autres tellement douloureuses… Si elles prennent la parole, allez, ça ne va pas être pour dire que l'amour les préoccupe – pourtant, entre nous, il les préoccupe bien sûr, il nous préoccupe tous et toutes. Notre source, notre horizon.

Existe-t-il, dans le temps et l'espace, des sociétés qui n'ont pas chanté l'amour (quelque forme qu'on lui ait donnée[1]) ? J'aimerais bien le savoir.

1. Il a pu être amitié forte entre hommes dans la France des chevaliers, avant d'être amour entre sexes différents dans la société courtoise qui émerge au début du XIIe siècle (voir Louis-Georges Tin,

Mais je n'insiste pas, pour ne pas prêter le flanc, susciter les ricanements des furieuses, des affranchies et des savantes. Je sais bien que c'est une notion trop floue, trop intime, trop irrationnelle, trop… Ailleurs, une autre fois, dans mes romans, je dirai l'amour, et que sans lui il n'y aurait même pas à se poser la question des relations entre sexes, parce que nous vivrions notre vie dans notre coin, travaillant tranquillement, satisfaisant nos « besoins sexuels » méthodiquement, bonjour au revoir, pas de conflits pas d'attentes, des états qu'on dit raisonnables…

L'Invention de la culture hétérosexuelle, Paris, Autrement, 2008), mais chanté, il l'a toujours été, sans discontinuer.

34

Nos destins mêlés

Je ne sais pas comment avance la pensée. En tout cas pas uniment, pas sur tous les plans à la fois. Aujourd'hui, où l'on semble n'avoir qu'égalité en tête, on assiste à une reviviscence des mariages en bonne et due forme, au port d'alliances ostentatoires, on entend tant de femmes qui n'ont que « mon mari » à la bouche, qui continuent d'abandonner leur nom ou y adjoignent celui de leur époux (la réciproque n'existe pas) – pathétique fierté d'avoir été publiquement choisie ? Certains psychanalystes prétendent que le complexe d'Œdipe version féminine, ce ne serait pas désirer coucher avec son père mais simplement vouloir être « sa préférée ». Si c'est vrai, quel manque d'envergure, notre inconscient ! Un sondage qui en son temps (récent) a fait jaser établissait que, si la majorité des hommes trouvait intolérable l'idée que leur partenaire couche avec un autre, la majorité des femmes voyait l'épouvante suprême dans le fait que leur compagnon puisse *penser* à une autre en couchant avec elle… Être juste la préférée.

Les mentalités progressent néanmoins. Il me semble que les femmes réclament moins qu'avant le soutien masculin et qu'elles tiennent à leur indépendance financière. Si certaines abusent parfois de leur position de mère ou si d'autres exigent en cas de séparation d'anachroniques « indemnités compensatoires », on constate dans la plupart des milieux un réel désir d'autonomie et d'égalité. Bien sûr, à travail égal, elles gagnent encore 25 % de moins que les hommes et sont plus souvent frappées par le chômage. Elles sont concernées par 90 % des viols et ce sont elles qui subissent, très majoritairement, les violences conjugales. Pour autant, je me répète, on ne peut pas considérer toutes les femmes comme un seul groupe (de victimes) et oublier qu'aujourd'hui leur condition varie considérablement en fonction de leur appartenance sociale : la vie des femmes de milieu modeste est beaucoup plus difficile, du fait de la pauvreté, de la double journée de travail et de l'inquiétude face à la précarité (voir la séquence « Jeunes filles encapuchonnées »).

Alors je dis, nous, mes sœurs, qui avons la chance de pouvoir envisager les moyens de notre émancipation, qui partageons bien mieux les tâches domestiques avec nos compagnons, qui avons un peu plus de chances d'accéder aux fonctions intéressantes, mieux rémunérées et plus valorisantes, nous, mes sœurs, si nous essayions d'un peu mieux supporter la liberté nouvelle qui nous est échue (par l'action de nos mères et de nos grand-mères) et arrêtions les jérémiades ?

Voilà dix fois que je récris cette page, alors tant pis, je laisse cette version, et tant pis si elle paraît antipathique (d'ailleurs, quand je lui en ai parlé, ma sœur m'a dit en hochant la tête : « Tu vas te mettre tout le monde à dos ! »). Ce que j'essaie de dire, depuis le début de ce livre, et nonobstant le grand travail qui reste à accomplir pour réaliser pleinement l'égalité dans la société, c'est que les femmes ne sont pas (toutes) uniformément des victimes, et quand j'entends ces plaintes (les plaintes des plaintives) et ces récriminations contre les hommes, j'en suis désolée et agacée. Je veux dire qu'il relève *aussi* de notre responsabilité individuelle de marcher vers la liberté (et du coup, nous y perdrons certes quelques privilèges – irresponsabilité, infantilisation, démission, tant de manières de s'épargner quelques risques de vivre qui n'avaient pas, soyons franches, que des inconvénients).

Du reste, nous ne sommes pas les seules à pâtir de l'inégalité. J'aime assez *Le Temps de l'innocence*, un roman d'Edith Wharton qu'on n'a pourtant jamais présentée, que je sache, comme un parangon de féminisme. On y voit un homme, Newland, pris dans les rets d'une société ultraconventionnelle (New York, grande bourgeoisie puritaine du dernier quart du XIXe siècle), être déchiré entre deux femmes : sa fiancée, qui a subi et qui reproduit les conventions liberticides de son monde, et une cousine de celle-ci, Ellen, qui a été formée en Europe et vit avec la – relative – liberté qu'on y concède aux femmes (et que n'ont pas les Américaines d'alors). Le discours sous-jacent de Wharton est discret. On pourrait rater ces quelques remarques (qui sont censées traduire les réflexions du personnage masculin) sur le fait qu'il peut bien revendiquer l'égalité des sexes, c'est sans risque, du fait de l'aliénation féminine : « Il savait que les femmes "bien élevées", si lésées qu'elles fussent dans tous leurs droits, ne revendiqueraient jamais le genre de liberté auquel il faisait allusion[1]. » Et plus loin : « Pourquoi émanciper une femme qui ne se doutait pas qu'elle fût sous un joug ? Le seul usage qu'elle ferait de son indépendance serait d'en offrir le sacrifice à l'autel conjugal » (p. 194-195).

L'« étroite marge que se réservait sa personnalité » (p. 137) permet à Newland d'être sensible au charme d'Ellen : il est certes conformiste, mais suffisamment ouvert pour apprécier sa singularité. Sa fiancée, en revanche, formée par « la conspiration des mères, des tantes, des grand-mères, jusqu'aux lointaines aïeules puritaines », n'existe que « pour satisfaire son goût personnel, pour qu'il [puisse] exercer sur elle son droit de seigneur » (p. 63). Position masculine à première vue confortable. Mais heureuse ? Non. Car, laissant finalement échapper la femme libre, c'est toute sa vie qu'il rate. Les dernières pages le montrent, veuf, cinquante ans passés, seul et mélancolique, sous les fenêtres d'Ellen, à Paris, lorsqu'il vient de renoncer une nouvelle et dernière fois à la

1. Edith Wharton, *Le Temps de l'innocence* [1920], Paris, Garnier-Flammarion, 1987, p. 61. Les citations qui suivent sont tirées de cette édition.

rejoindre : trop tard, il est l'homme du toujours trop tard. « Il savait pourtant ce qui lui avait manqué : la fleur de la vie » (p. 294).

J'aime, dans cette histoire, le fait qu'au lieu de tenir un discours enflammé sur la cause des femmes, Wharton montre « par l'exemple » que leur sujétion a des répercussions négatives sur la vie et la joie des hommes. Et j'ajouterai : que la liberté des femmes est un même combat et une même victoire pour les deux sexes qui ont également à y gagner. Destins mêlés. Encore faut-il que nous supportions notre liberté.

35

Pour l'instant

« Il est démontré, disait-il, que les choses ne peuvent être autrement : car tout étant fait pour une fin, tout est nécessairement pour la meilleure fin[1]. »

Eh bien non, Pangloss, les choses ne sont ce qu'elles sont que *pour l'instant*, et non pour l'éternité – sans compter qu'elles ne sont ni pour la meilleure fin ni au mieux, car des « fins », nous n'avons pas idée et doutons même. S'il y a une chose que l'écriture de cet essai m'a permis de comprendre vraiment (plus encore que je ne l'avais d'abord imaginé), c'est à quel point nos conceptions de la féminité sont récentes : un grand nombre de nos représentations prennent forme au XVIIIe siècle et se stabilisent au XIXe. Or, ce qui se fixe étant précisément l'idée d'une nature éternelle des femmes, sa dimension historique a été d'autant plus facilement occultée.

Il me semble que quasiment rien n'échappe, dans ce grave sujet du féminin et des relations entre les

1. Voltaire, *Candide ou l'Optimisme*, chapitre premier.

sexes, à l'emprise du « pour l'instant », car peu de domaines sont aussi ouverts à la transformation. Si nous résistons à la tentation de Pénélope, en ne défaisant pas régulièrement ce que nous avons conquis, le monde de demain est merveilleusement imprévisible dans ses améliorations[1].

Prenons un peu de recul, de ce recul souvent nécessaire pour accéder à l'émerveillement. Tout ce que nous trouvons dans l'histoire de l'humanité, pour autant qu'on sache (on en sait quand même pas mal de nos jours), c'est le triste fait de l'universelle subordination des femmes. Si loin dans le temps et l'espace qu'on fasse porter le regard, on n'a pu y déceler – même au modeste titre de l'exception qui confirmerait la règle – une seule peuplade d'amazones. Pas le moindre petit bout de matriarcat. Et sans doute pas l'once d'une société égalitaire[2]. Et songeons à présent comment, avec une stupéfiante liberté d'esprit, quelques-unes et quelques-uns se sont dit que ce n'était pas juste, qu'on ne voyait pas de raison sérieuse pour assujettir un sexe. Ce n'est pas une idée si récente. Le cher Montaigne écrivait : « Je

1. Au fond j'accepte même, comble d'optimisme, ces transformations avec lesquelles *a priori* je n'étais pas d'accord : modification de la Constitution par l'introduction de considérations désuniversalisantes, modification de la langue par la féminisation… Je les admets, puisque je n'ai pas le choix, et j'ai même l'espoir qu'à leur manière bancale elles contribueront à l'amélioration de notre condition.

2. Pour les amazones, voir Françoise Héritier, *Masculin/Féminin*, *op. cit.*, p. 211-212. Je crois quand même avoir lu quelque part qu'il aurait existé dans l'armée de je ne sais plus quelle tribu africaine du XVIIIe siècle cinq mille femmes. Bon. De même, il semble qu'on puisse trouver une société égalitaire chez les intéressants Mosos (du Tibet). Bon.

dis que les mâles et les femelles sont jetés en même moule ; sauf l'institution et l'usage, la différence n'est pas grande[1] », et Descartes, participant à sa façon à la grande « querelle des femmes » qui a animé le XVIIe siècle et qui mit aux prises les tenants d'une mauvaiseté de la femme à ceux de sa supériorité[2], a lui aussi affirmé, dans sa profession de foi en la valeur universelle de la raison, sa conviction que, dans la pensée, « il n'y a point de sexe[3] ». Mais il a fallu pourtant bien des efforts pour que les femmes approchent enfin cette égalité concrète. Et soudain, quelle merveille que ce siècle vingtième nous ait permis de si grandes enjambées, de sorte qu'on peut sérieusement envisager le bouleversement d'un ordre qui paraissait d'autant plus naturel qu'il était ancien et, avec de multiples variations géographiques, universel.

Il n'est pas simple de transformer un système idéologique dont nous sommes partie intimement prenante. Travailler sur les représentations ? Mais depuis quelle extériorité ? Comment leur échapper ? À tout moment, j'ai dû m'arrêter pour me demander si je n'étais pas en train de succomber à de naïves constructions idéologiques, et si l'avenir n'allait pas balayer mon peu de certitudes. Même l'importance que j'accorde au désir… ce pourrait être pure représentation, contingente et éphémère…

---

1. Montaigne, *Essais*, III, chap. 5, « Sur des vers de Virgile ».

2. Connue aujourd'hui des seuls spécialistes, cette vaste polémique misogyne du XVIIe siècle donna lieu à plus d'un millier de textes contradictoires sur la place des femmes dans la création et le monde.

3. Voir Danielle Haase-Dubosc, « De la "nature des femmes" au XVIIe siècle », *in* Éliane Viennot (dir.), *La Démocratie « à la française »*, *op. cit.*

Et si, demain, n'existait plus que la procréation artificielle, *ex utero* ? Et si, demain, les conduites sexuelles changeaient du tout au tout et prenaient des formes aujourd'hui inimaginables ? J'ai tendance à railler un certain enthousiasme à l'égard des transsexes ou de l'affichage d'orientations sexuelles hors normes (normes du XIXe siècle quand même, rappelons-le, car aujourd'hui un grand travail de tolérance et d'imagination est en cours). Ce que je moque, c'est l'idéologie de la subversion à l'œuvre dans ces pensées au fond tellement conformes à l'air du temps. Mais je sais que, si d'une part je ne vois pas comment l'humanité pourrait cesser d'être constituée, dans une large majorité, de deux sexes biologiques (mais de ce fait je ne tire aucune conclusion bien définitive), d'autre part je n'ai aucune idée du tour que prendront les mœurs sexuelles que le désir d'*Homo sapiens sapiens*, si imaginatif, est susceptible d'inventer. Il est au moins probable (mais pas certain – rien de certain) que l'homosexualité, cessant d'être réprimée, se développera plus largement – de même pour la bisexualité.

Franchement, tout cela ne doit pas nous tracasser beaucoup. Comment les êtres se plairont et se donneront du plaisir, voilà qui ne peut guère porter préjudice à nos sociétés. Le tout est qu'ils continuent, avec ardeur, de se désirer. Car « on n'est heureux que par des goûts et des passions satisfaits ; je dis des goûts, parce qu'on n'est pas toujours assez heureux pour avoir des passions, et qu'au défaut des passions, il faut bien se contenter des goûts. Ce serait donc des passions qu'il faudrait demander à Dieu, si on osait lui demander quelque chose[1]... ».

Je suis persuadée que nos *manières de désirer* sont contingentes, historiques, aléatoires et sans doute changeantes, même à l'échelle d'une existence. Mais je suis aussi convaincue que le désir est l'expérience la plus forte de l'existence, qu'il constitue le moment le plus intense du sentiment d'exister. Ne réfléchissez pas à ce que je viens d'écrire, souvenez-vous : il est là, devant vous, il sourit, vous parlez, vous êtes requise, brûlée de l'intérieur, en état de grâce, de déséquilibre, absolument présente, et il n'y a presque rien de plus important à ce moment-là que cette rencontre, même si dans une semaine vous l'aurez oubliée. Et... c'est vrai, je me répète.

J'ai quand même idée, concernant notre avenir sexuel, que le vieil argument de l'inégale répartition de la libido entre les sexes (cette idée que les hommes seraient beaucoup plus intéressés par la sexualité que les femmes, que leur désir réclamerait plus, plus souvent), argument qui sert généralement à prouver l'irréductible différence (le corps, n'est-ce pas), n'est vraie que pour l'instant et ne tiendra pas devant la libération des mœurs et l'égalité.

Du reste, c'est seulement à partir du XVIIIe siècle qu'on a commencé à imaginer que les femmes étaient plus impassibles. Jusqu'à mettre en question, comme on le fit au désastreux XIXe siècle, l'existence même de l'orgasme féminin (alors même qu'on l'avait longtemps cru nécessaire à la procréation). Dès l'instant où l'on

1. Émilie du Châtelet, *Discours sur le bonheur.*

eut réduit les femmes à des mères, il n'était plus question de les imaginer désirantes, et l'éducation donnée aux filles se chargea d'en faire ces pauvres choses timides et effarouchées que nous savons, consentant quand vraiment, vraiment, toutes les conditions d'honorabilité étaient réunies et que le sentiment le légitimait.

Apprenons à nos filles qu'elles ne se « donnent » pas mais qu'elles peuvent prendre[1], que le désir est désirable et qu'il ne s'agit pas de se refuser *a priori.* Laissons s'épanouir en elles la force de la pulsion, souveraine, libre, sans honte ni culpabilité : alors les hommes, cessant d'être affamés, ne seront plus dans la frénésie d'obtenir ce qui leur est présenté comme une conquête difficile, et les femmes ne les percevront plus comme des prédateurs inquiets, avides et abuseurs. Que le désir féminin se déploie et le jeu de la séduction s'exercera mutuellement[2]. Vous hochez

1. Encore une fois, il y a, dans la pénétration, ce moment d'intime accueil qui ressemble à un *don*. Mais ce n'est qu'un moment de l'étreinte – l'étreinte est plus vaste, elle l'englobe et ne s'y réduit pas. Cette rêverie autour de la libération sexuelle me donnait envie de prolonger : *ah si l'on apprenait vraiment aux garçons la nécessité de la maîtrise totale de l'éjaculation pour qu'ensemble nous profitions de la jouissance sans rivages qui est le lot des femmes quand l'éjaculation ne la borne pas* – mais j'ai soudain entendu résonner la voix de ma sœur, protestant que j'exagérais, et je me suis dit d'accord, je ne poursuis pas. Mais il y avait là un fameux chapitre.

2. Une expérience récente qui va tellement dans mon sens qu'on pourrait croire que je l'ai inventée. Le *speed dating*, ou rencontre-éclair, consiste à réunir des célibataires qui doivent faire connaissance en quelques minutes, puis changer de partenaire au signal sonore. Ensuite, chacun fait la liste des personnes qu'il désire revoir. Deux analyses scientifiques des résultats générés par ce type de situation sont révélatrices. La première expérience, menée en 2007 à l'université d'Indiana, montre que les femmes s'y révèlent plus sélectives : elles souhaitent revoir

la tête ? « Facile à dire… » ? Je le sais bien : je l'évoque en réponse au vieux préjugé. Outre qu'elle ne se décrète pas, la libération sexuelle est aussi compliquée que la manœuvre d'un grand navire à voiles qui devrait changer de cap. Mais son mouvement accompagnera l'accès à l'égalité et je peux bien rêver dès aujourd'hui à son parfait accomplissement.

Ce dont je suis certaine, c'est que l'égalité adviendra : notre époque de mutations accélérées en témoigne, ce n'est qu'affaire de temps. Dans cette transition, comme je veux travailler et aimer, travailler sans entraves et aimer sans freins, je dis : qu'on nous reconnaisse le même cerveau qu'aux hommes ; quant au reste (séduction, désir, amour), avec des bricolages et des ajustements, de l'indulgence et de l'humour, nous en faisons notre affaire.

*(**Femmes du monde** : La petite Yéménite qui a obtenu son divorce, Nojoud, veut être avocate quand elle sera grande, pour aider les fillettes dans sa situation. Nous sommes toutes sur la bonne voie, toutes, mes rieuses et combatives sœurs.)*

---

un homme sur trois, tandis que les hommes s'intéressent à une femme sur deux. Plus grand appétit sexuel masculin qui discrimine moins ? Que nenni. Deuxième expérience menée à l'université de Northwestern, Chicago, mais en changeant un petit détail : ce ne sont plus les hommes qui circulent entre les tables où sont assises les femmes, mais les femmes qui déambulent entre les tables où se trouvent les hommes. En somme, si vous me suivez bien, ce sont les femmes qui sont alors mises en situation symbolique de chasseresse, qui espèrent et qui s'inquiètent. Que croyez-vous qu'il se passa ? Les femmes se montrèrent nettement moins difficiles dans leur sélection… Catherine Vincent, « Debout les célibataires », *Le Monde Magazine*, n° 3, 3 octobre 2009.

36

Supporter notre liberté

Je sais bien que beaucoup refermeront ce livre en se disant « Eh bien oui, mais une femme est une femme », leurs intimes convictions s'opposant aux miennes et leur bon sens à mes quelques conjectures. Je crois de toute façon qu'on ne convainc jamais que ceux qui sont déjà à peu près de son avis. Disons que j'ai proposé ma modeste contribution sur le sujet – sans illusion : la Terre a toujours l'air d'être plate pour le marcheur.

Du reste, oui, pour l'instant une femme est une femme, et j'ai écrit cet essai en gardant constamment présente à l'esprit mon intime conviction d'en être une. C'est mon garde-fou. Quoi que je construise intellectuellement (et déconstruise, pour m'émanciper), reste cette évidence troublante que je me sens femme et qu'à cela je ne peux rien. Étrange obligation pour la pensée. Mais c'est elle qui m'indique que tout n'est pas transformable à volonté et qui m'incite à penser avec précaution les fragiles territoires du désir et de l'amour, tout en réclamant, sans admettre aucune entrave, de *faire* dans la société ce que je veux et d'occuper tous les lieux de pouvoir si je le veux. Réclamation qui ne vaut que dans la mesure où elle est supportée par le vif sentiment de ma responsabilité individuelle (je réclame une entière liberté parce que j'assume mon entière responsabilité). Car je me suis peut-être trompée sur bien des points, mais je n'ai qu'une exigence, qui vaut pour tous et pour toujours, et qui organise ma pensée comme elle commande mes actes : la liberté.

D'habitude, et comme la plupart des écrivains, j'écris des livres dans l'espérance qu'ils me survivront. Je souhaite approcher ces secrets communs qui relient les êtres plus sûrement que tout, ces joies et ces douleurs, ces espoirs partagés, ce qui implique que je parle d'aujourd'hui mais en souhaitant que cette voix pourra encore être entendue demain. Or la question des femmes est vouée, j'en suis certaine, à disparaître, du moins dans les formes que lui a données le questionnement contemporain (et pourvu que le différentialisme, ravivant le vieux modèle déterministe, ne soit qu'un sursaut passager de l'aliénation). Demain il y aura autant de femmes que d'hommes en politique, à la tête des entreprises, dans la recherche, dans la magistrature, etc. Demain la tâche d'élever les enfants sera partagée entre les sexes et peut-être mieux prise en charge collectivement par la société (j'entends Olympe : « Ah ! Échapper aux heures de square… »). Demain, de nouveaux et imprévisibles rapports entre les sexes, désir, séduction, érotisme, verront le jour. Et mon essai sera alors affreusement (selon les exigences de mon souhait de postérité) et délicieusement (selon les exigences de mon souhait d'égalité) périmé ! Hélas, quelle joyeuse perspective. Elle m'enchante.

En attendant, ne redoutons pas notre liberté et, nous dégageant de la lumière froide des vieilles lunes, continuons d'œuvrer à notre réinvention permanente.

Bibliographie des ouvrages cités

(Devant l'abondance des ouvrages passionnants, j'ai dû me résoudre à ne mentionner dans cette bibliographie que ceux que j'avais cités, afin que le lecteur les retrouve aisément. Ainsi des livres pourtant capitaux n'y figurent-ils pas.)

BADINTER, Elisabeth, *L'Amour en plus. Histoire de l'amour maternel, XVIIe-XXe siècle*, Paris, Flammarion, 1980.

BADINTER, Elisabeth, *L'un est l'autre*, Paris, Odile Jacob, 1986.

BADINTER, Elisabeth, *XY. De l'identité masculine*, Paris, Odile Jacob, 1992.

BADINTER, Elisabeth, *Fausse route*, Paris, Odile Jacob, 2003.

BEAUVOIR, Simone de, *Le Deuxième Sexe* [1949], Paris, Gallimard, « Folio », 2 vol., 2008.

(COLLECTIF), *Le Piège de la parité*, Paris, Hachette Littératures, « Pluriel », 1999.

DAUPHIN, Cécile, et FARGE, Arlette (dir.), *Séduction et Sociétés. Approches historiques*, Paris, Seuil, 2001.

DERRIDA, Jacques, et ROUDINESCO, Élisabeth, *De quoi demain… Dialogue*, Paris, Fayard, 2001.

FRAISSE, Geneviève, *Muse de la raison. La démocratie exclusive et la différence des sexes*, Paris, Alinéa, 1989.

FRAISSE, Geneviève, *La Raison des femmes*, Paris, Plon, 1992.
HEINICH, Nathalie, *Les Ambivalences de l'émancipation féminine*, Paris, Albin Michel, 2003.
HEINICH, Nathalie, *Le Bêtisier du sociologue*, Paris, Klincksieck, 2009.
HÉRITIER, Françoise, *Masculin/Féminin. La pensée de la différence*, Paris, Odile Jacob, 1996.
HÉRITIER, Françoise, *Masculin/Féminin II. Dissoudre la hiérarchie*, Paris, Odile Jacob, 2002.
IACUB, Marcela, *Qu'avez-vous fait de la libération sexuelle ?*, Paris, Seuil, « Points », 2007.
IACUB, Marcela, *Le crime était presque sexuel, et autres essais de casuistique juridique*, Paris, Flammarion, « Champs », 2002.
KNIBIEHLER, Yvonne (dir.), *Maternité. Affaire privée, affaire publique*, Paris, Bayard, 2001.
LAQUEUR, Thomas, *La Fabrique du sexe. Essai sur le corps et le genre en Occident* [1990], Paris, Gallimard, 1992.
OZOUF, Mona, *Les Mots des femmes. Essai sur la singularité française*, Paris, Fayard, 1995, édition augmentée en 1999.
PROKHORIS, Sabine, *Le Sexe prescrit. La différence sexuelle en question*, Paris, Flammarion, « Champs », 2002.
SALLENAVE, Danièle, *Castor de guerre*, Paris, Gallimard, 2008.
SCHNEIDER, Michel, *La Confusion des sexes*, Paris, Flammarion, 2007.
SOHN, Anne-Marie, *« Sois un homme ! » La construction de la masculinité au XIXe siècle*, Paris, Seuil, 2009.
THÉRY, Irène, *La Distinction de sexe. Une nouvelle approche de l'égalité*, Paris, Odile Jacob, 2007.
THÉRY, Irène, et BONNEMÈRE, Pascale (dir.) *Ce que le genre fait aux personnes*, Paris, Éditions de l'EHESS, 2008.
TIN, Louis-Georges, *L'Invention de la culture hétérosexuelle*, Paris, Autrement, 2008.

VIDAL, Catherine (dir.), *Féminin Masculin. Mythes et idéologies*, Paris, Belin, 2006.
VIDAL, Catherine, et BENOIT-BROWAEYS, Dorothée, *Cerveau, sexe & pouvoir*, Paris, Belin, 2005.
VIENNOT, Éliane, *La France, les Femmes et le Pouvoir. L'invention de la loi salique*, Paris, Perrin, 2006.
VIENNOT, Éliane (dir.), *La Démocratie « à la française » ou les Femmes indésirables*, Paris, Publications de l'Université de Paris VII, 1996.

DANS LA MÊME COLLECTION

Nouveaux horizons dans l'étude du langage et de l'esprit
Noam Chomsky

Tout dire ou ne rien dire… Logiques du mensonge
Jean-Michel Rabaté

Le Style du monde
Vicente Verdu

Histoire et trauma
Françoise Davoine
et Jean-Max Gaudillière

Nous ne sommes pas faits pour la mort
Jacques Darras

Stupidity
Avital Ronell

Le Sens de la visite
Michel Deguy

Fabrique de porcelaine
Antonio Negri

Mes rêves
Theodor W. Adorno

Jacques Derrida – Saint Augustin
Des Confessions

La Bêtise s'améliore
Belinda Cannone

Adieu vérité
Pierre De Roo

Derrida
Pour les temps à venir

Robespierre : entre vertu et terreur
Introduction et présentation de Slavoj Žižek

Lettres à une jeune psychanalyste
Heitor O'Dwyer de Macedo

Au risque de la vie philosophique
Constantin von Barloewen

Don Quichotte, pour combattre la mélancolie
Françoise Davoine

Test Drive
Avital Ronell

Pour l'éditeur, le principe est d'utiliser des papiers composés de fibres naturelles, renouvelables, recyclables et fabriquées à partir de bois issus de forêts qui adoptent un système d'aménagement durable.

En outre, l'éditeur attend de ses fournisseurs de papier qu'ils s'inscrivent dans une démarche de certification environnementale reconnue.

Ce volume a été composé
par IGS-CP à l'Isle-d'Espagnac (Charente)

Cet ouvrage a été imprimé en France par
CPI Bussière
à Saint-Amand-Montrond (Cher)
pour le compte des Éditions Stock
31, rue de Fleurus, 75006 Paris
en janvier 2010

N° d'édition : 01. – N° d'impression : 100075/4.
Dépôt légal : janvier 2010.
54-07-6373/2